假如我是克隆专家

万 亿 赵登怡 肖海甜 薄睿宁
流 马 姚禹同 唐宇佳 刘 勇 / 等著

中央编译出版社
Central Compilation & Translation Press

图书在版编目（CIP）数据

假如我是克隆专家 / 万亿等著.
—北京：中央编译出版社，2015.3
（校园文摘系列丛书 / 万亿主编）
ISBN 978-7-5117-2356-7

Ⅰ.①假… Ⅱ.①万… Ⅲ.①作文 – 中学 – 选集
Ⅳ.① H194.5

中国版本图书馆 CIP 数据核字（2014）第 234046 号

假如我是克隆专家

出 版 人	刘明清
出版统筹	董 巍
责任编辑	邓永标
责任印制	尹 珺
出版发行	中央编译出版社
地　　址	北京市西城区车公庄大街乙 5 号鸿儒大厦 B 座（100044）
电　　话	（010）52612345（总编室）　　（010）52612371（编辑室） （010）52612316（发行部）　　（010）52612317（网络销售） （010）52612346（馆配部）　　（010）55626985（读者服务部）
传　　真	（010）66515838
经　　销	全国新华书店
印　　刷	北京威远印刷有限公司
开　　本	710 毫米 × 1000 毫米　1/16
字　　数	206 千字
印　　张	14
版　　次	2015 年 3 月第 1 版第 1 次印刷
定　　价	29.00 元

网　　址	www.cctphome.com　　　邮 箱　cctp@cctphome.com
新浪微博	@中央编译出版社　　　微 信　中央编译出版社（ID：cctphome）
淘宝店铺	中央编译出版社直销店（http://shop108367160.taobao.com）（010）52612349

本社常年法律顾问：北京市吴栾赵阎律师事务所律师　　闫军　　梁勤
凡有印装质量问题，本社负责调换。电话：（010）55626985

繁星梦

好奇（文/高子淇） 002
毕业了，我忘不了……（文/李响） 004
记忆深处的一件事（文/谷佳志） 006
难忘的一件事（文/李向彤） 008
傻根（文/刘勇） 009
第一次当"编辑部主任"（文/洪雨婷） 012

青春驿站

美化生活的种子（文/段添宜） 016
宽容（文/王峥） 018
生活不易，且行且珍惜（文/赵登怡） 020
苦涩的初恋（文/赵登怡） 023
十厘米的爱情（文/赵登怡） 026
诚信与面子（文/黄沁苋） 031
欠你一句对不起（文/汪文钰） 033
谎言（文/王黎冰） 037

木箱子里的"宝贝"（文/佘果） 041

请给我一首歌的时间（文/苏繁锦） 043

像云一样的女生（文/流马） 046

在鼓励中成长（文/高子淇） 050

隐形的痕迹（文/朱旎彤） 053

排座位（文/荆卓然） 055

女生宿舍（文/荆卓然） 056

萧萧竹声（文/刘佳昕） 058

依靠自己站起来（摘编/李开文） 060

人生需要不断尝试（摘编/程露） 062

低头做人（摘编/安子） 065

知足常乐（摘编/昌盛之） 068

找准自己的定位（摘编/王福明） 071

激发你的无限潜能（摘编/沈玉） 073

希望在前（摘编/陈力丝） 076

耐心等待最好的时机（摘编/博爱） 079

自信是生命中永恒的活水（摘编/闻三） 082

学会选择，懂得放弃（摘编/夏桑） 085

成长智慧（摘编/尚文智） 087

▶ 亲情树

猫（文/夏丏尊） 094

我的老妈是极品（文/薄睿宁） 101

外公树（文/马知行） 104

爱，就在细微处（文/曾元奕） 107

给外公的一封信（文/张雯） 109

我当爷爷的小小监督员（文／谭珺天） …… 111
被时间覆盖的恩情（文／流马） …… 113
困难不用怕（文／谷佳志） …… 116
回乡之路（文／刘勇） …… 118
"好吃嘴"的小表弟（文／荆斯嘉） …… 121
农行架起亲情桥（文／康镇） …… 122
清明（文／唐宇佳） …… 125

▶ 鬼马狂想曲

蓝月亮湾（文／姚禹同） …… 128
我是一棵小草（文／王峥） …… 137
假如我是克隆专家（文／肖海甜） …… 139
破茧成蝶（文／邱慧伶） …… 140

▶ 自然物语

成长如同一棵白桦（文／万亿） …… 144
致地球母亲（文／张楠） …… 147
感悟春天（文／姚禹同） …… 148
悬月（文／袁义翔） …… 150
舌尖上的椰韵（文／康镇） …… 152
小雨点（文／唐宇佳） …… 154
可可西里的悲歌（文／党晨阳） …… 155

▶ 家乡素描

太湖的故事（文／如风） …… 158
记忆中的故乡仲夏夜（文／匡金火） …… 163

读书沙龙

科学的人生观（文/胡适）……………………………… 166

名著伴我成长（文/翟阳）……………………………… 170

红颜本无罪（文/尹宗国）……………………………… 172

读《身虽断，爱未绝》有感（文/尹傑）………………… 174

《大学》的故事（摘编/汪冬冬）………………………… 175

酷爱文学的巴尔扎克（摘编/贝贝）……………………… 183

徐悲鸿三请齐白石（摘编/唐英芝）……………………… 186

苦练书法的王羲之（摘编/尤小东）……………………… 190

中国20大经典国粹（摘编/付东）………………………… 194

世界"智商"最高十大奇人（摘编/吴阳阳）……………… 203

封建王朝十大惊人巧合（摘编/马志超）………………… 206

繁星梦

好 奇

文 / 高子淇

好奇是什么？

自信的人说："好奇是铺洒在成功之路的鲜花，为走在路上的人带来五彩芳香。"

勇敢的人说："好奇是钥匙，为挑战者打开胜利之门。"

胜利的人说："好奇是火焰，为闪烁着的光芒增添更加闪耀的光环。"

我说："好奇是导师，引导我走在音乐的道路上。"

那是小学五年级的一个午后，我坐在电视机旁，频繁调换着电视台，当调到中央十一台的时候，我顿时被那雄厚的古典音乐迷住了。那些音符像威严的将军迈着庄重的大步子向前走去。不一会儿，那庄重的散板已过去，进入了欢快的快板。那些音符摇身一变，变成了活泼可爱的小精灵，舞着身上的荧光衣，穿梭在重重叠叠的灌木丛中，又向那潺洄的小溪问了声好。最后，欢快的快板也过去了，进入尾声，音符不再活泼，而是化身为一道鲜红的晚霞，在天空徘徊着。作为小孩，我当然最喜爱快板，仔细一看，原来整个快板都是由钢琴家演奏的。这首优美的曲子激起了我对音乐的好奇心，钢琴的音符让我坚定了学习音乐的决心。

一天下午，我走进了学校旁的乐器店，看见钢琴穿着深棕色的外衣，笔直地站在那里，心里顿时对学琴充满了憧憬。

在我苦苦哀求下，妈妈终于答应让我学琴。

在刚开始学琴的时候，我非常努力。每天练6个小时，每天都尽情地享受着音乐世界的美妙。为此老师常表扬我。看着自己的手指也能奏出如此美妙的音乐，我感到十分欣慰。

渐渐地，我长大了，进入了初中，学业越来越繁重。而钢琴的指法和谱子也不再那么好认。于是，我对钢琴慢慢失去了昔日的爱怜，并逐渐与它疏远。上钢琴课时老师让我试弹，我总偷懒，把老师气得脸色发红。

初二的时候，有次去上音乐课，我再次领悟到钢琴唯美的乐声。想到昔日对它的狂想，随即对自己之前的表现感到无比羞愧，想起4年来的风风雨雨，是它陪伴着我一路走过来的，心头不禁一酸。同时，对那些六级以上的曲子，我也充满好奇，当初的好奇心立刻被催醒。

那天傍晚，我踏进琴房，快速练习起来，脑海里竟然出现了变幻莫测的图像。金风习习，叶叶梧桐坠，斜阳照阑干。深秋的房间，夕阳四溢，暖暖地映衬着我此刻宁静的心境。贝多芬在房间里的欢喜悲哀，通过奔跑的音符传入我的脑海。手指经练习后依旧在琴键上欢快地舞着。啊！钢琴，我的朋友，终于与你再次相逢。

是好奇，成就了我的音乐之旅！好奇是导师，引导我走在音乐的道路上。

毕业了，我忘不了……

文 / 李响

何以致契阔，绕腕双跳脱。

——题记

春天来得有点突兀，忽然之间，那带着肃杀之气的冬天就被那悄然而来的阳光所覆盖。阳光透过玻璃，折射出棱角，有点调皮地落在了桌子上，温暖，却不燥热。

这样的天气让周围的景色焕然一新，连空气中都带着点快乐的元素，每一个人仿佛都被这个偷偷传播的东西所感染，嘴角也微微上扬，心也被这阳光溢满了欣喜。

我放下了笔，转了转早已酸软的手腕，向窗外望了望。还是那样的风景，银杏树透着初春的嫩绿，没有了当时秋天的零落。我想要好好记住，用目光一笔一画将它记忆在脑海中，害怕会忘记。依旧有车辆路过学校的门口，带着时不时传来急促的喇叭声，略有点刺耳，却格外的亲切，我随着车辆而远去的目光最终被拉了回来，不知道刚刚那个场景是否记住，我也害怕会忘记。

周围的景象在潜移默化中转变，那个曾被我浇过水的刺桐树早已被砍掉了枝干，只剩下光溜溜的主干像一个老者一样，在这阳光中。我幻想着阳光的照射使它一瞬间长出树叶，向上伸张。我记住了那个盛夏我与它的约定,但是它违约了,我却也舍不得忘记。

那阳光如同一根根细细的绳索,缠绕住我的手腕,拽着我一路向前,我跟随着它,看着周围的景象,一帧一帧如同一部黑白电影般地播放,时不时地按下暂停键,停留了一二秒,便又飞快地播放起来:操场上,生龙活虎的跳跃;教室里,埋头苦读的身影;图书室,孜孜不倦的汲取……

那些带着时光气息的画面,让我渐渐平静了下来。我像一个旁观者,看着那些或快乐,或痛苦,或轻松,或劳累,最后只留下了一个孤零零的结束。手被捏得生疼,却固执地不肯落出一句告别,我不愿,不愿那些东西被染上名为时光的颜料,不愿让那些东西泛着黄,对我说再见,我忘不了,我做不到。

有人说一次告别,天上就会有颗星,又熄灭……

离人挥霍着眼泪,回避还在眼前的离别,你不敢想明天,我不肯说再见。

记忆深处的一件事

文 / 谷佳志

在我的记忆深处，童年有许许多多的事情让我难忘，其中有一件让我刻骨铭心。

我是一个十分爱玩爱动的小男孩，可是爱玩爱动有时也会为此付出代价。时光回到三年前，有一次放学回家的路上，经过一个施工工地时，我看到许多小朋友在那里玩耍，爱玩爱动的我也加入了进去。谁知天有不测风云，正当我们玩得热火朝天时，不知谁向我丢了一块石头，正中后脑勺，我顿时火冒三丈，扭头吼道："是谁？谁丢的？"一个同学面色苍白，结结巴巴地说："佳志，你……你的头……流血了！"我用手一摸，呀！一手的鲜血。我一下子慌了神，三步并两步地赶回家中。爸爸妈妈一见也顾不得责骂，火速把我送到医院。

到医院后，医生建议马上做缝合手术。我躺在冰冷的手术床上，旁边桌子上摆满了消毒药水及缝合用具，我不由得抖了几下，紧张得要命，心不听使唤地"咚咚"乱跳。医生把我伤口周围的头发剪掉，消过毒后给我伤口处打了麻醉针，不一会，伤口处便感觉不到疼痛了。紧接着医生开始用盐水一遍又一遍地冲洗伤口，伴随着冲洗，医生还用纱布一次又一次地擦拭。让我觉得医生要把我的大脑冲洗出来了。擦洗完后，医生就开始缝合了。这时，我紧张到了极点，时不时问医生怎么样了，医生一遍又一遍地安慰着我。我紧闭双眼，咬紧牙关，一针接着又一针，我忍着疼痛坚持着……

手术终于结束了,我被爸爸妈妈扶出了手术室,爸爸妈妈心中的石头落地了,可我仍然是面无血色。这时走过来一个小弟弟,头上也缠着纱布,见到我害怕的样子,像小大人一样对我说:"哥哥别怕,医生说头上口子长得快,很快就会好的,你看我的已经长好了。"听他这么一说,我心中的石头也总算落了下来。

没过多久,我便又开始活蹦乱跳了,妈妈总时时提醒我:"是不是又想缝针了?"

这件事永远刻在了我记忆深处,因为它在我的身上留下了永久的伤痕。

难忘的一件事

文 / 李向彤

放寒假了，同学们都高高兴兴地回家过年了，只有我例外。

寒假的一天，我闷闷不乐地走在回家的小石渣路上，边走边踢着石子打发时间。突然，我不小心踩到了一块小石头上，摔倒了，胖乎乎的小腿被狠狠地擦了一下，鲜血随着疼痛的到来也慢慢流了出来。

这时寻找我的妈妈正好赶来。见状，妈妈正要扶我起来，谁知，旁边一个过路的年轻人说："阿姨，请不要扶她，要让她自己站起来。"妈妈犹豫了一下。这位年轻人的话让我十分恼怒。我心想：我摔倒了，我妈妈扶我起来，关你什么事！你还不让妈妈扶我。我现在这个样子，怎么站起来呀！想到这里，我的眼泪模糊了我的视线，仿佛在诉说着我的委屈。接着，这位爱管闲事的年轻人又说："阿姨！俗话说'从哪里摔倒就从哪里爬起'，你现在不让她吃点儿苦，等她长大以后，步入社会吃的苦受的挫折多得都应付不过来，难道您那时候还能帮她吗？"听了这番话后，我冷静地想了想：他说的也不无道理呀！还都是为我好，我真不应该怪他，他还告诉了我'从哪里摔倒就从哪里爬起'，正如我考试的那样，这次考试考得不理想，就从这里开始爬起，到下次考试的时候，我就可以奔向100分了……

于是，我忍着疼痛勇敢地站了起来。妈妈高兴地说："我的女儿长大了！"

直到今天，这件事还记挂在我的心里，久久不能抹去。我如果能再遇见那个年轻人，我一定要好好谢谢他，因为是他让我知道了'从哪里摔倒就从哪里爬起'。

傻 根

文 / 刘勇

穆童是三年级一开学时转过来的，大家看着这个黑瓷的家伙，像是从煤窝里爬出来的，黑得夸张，除了一口牙见点白色外，其他地方你就别想找到不黑的地方。赵刚立马给他取个外号"黑蛋"。

穆童最大特点是爱帮助人，一会儿同学让他去打水，一会儿同学让他去擦黑板，他总是乐呵呵去干，然后满头大汗跑回来。

刚放学赵刚要带我们去看录像，就对穆童说："黑蛋，帮我们把地扫了。"穆童二话没说拿起扫把闷头干起来。走在半路上我想起借张超的《故事会》没拿，就跑回了教室。推门一看，满屋子灰尘弥漫，只有穆童自己拿着扫把在上下翻腾，我说："你傻啊！就不知道洒点水再扫，灰还能这么大吗？"满脸像花猫的穆童说："也是，我怎么没想到呢？"

第二天，去上课，就见教室像水淹了一样，整个教室如一片沼泽地，李老师颠着脚尖小心翼翼地走上讲台，怒目厉声："昨天谁值日，看把教室弄得想养鱼啊！是不是水龙头忘关了！"赵刚慢腾腾站起来说："水龙头明明关好了我们才走的，没跑水。"穆童腾地站起来，说："老师，昨天赵刚他们去看录像去了，地是我扫的，水是我洒的，我看灰尘太多了……"

我一阵紧张，直拽穆童褂襟子，穆童挠挠头就没在说下去。李老师怒目一瞪："好，你个赵刚，长本事了啊！下课去我办公室。"

那堂课我根本没听进去，心里老是嘀咕，万一穆童和赵刚说是我让他洒的水，赵刚给老师说我们放学不回家去看录像捣台球，万一……这可咋办！我心里七上八下的，忐忑不安。

从老师办公室出来后，赵刚气冲冲地走进教室，指着穆童鼻子说："你满脑子里装的土坷垃啊，可知道啥是洒水！你倒好用水淹教室。我写检查，你高兴了吧！"穆童红着脸，低着头，双手紧紧拧着褂角，也不吭声，任赵刚数落。

傍晚，赵刚找到我们，决定报复穆童。

第二天，李老师走上讲台，抬眼一看，讲桌上画着一只大乌龟。李老师十分生气地用教棍敲着讲桌大声地说："谁干的！"然后用锐利的目光扫向我们，我们异口同声地说："穆童！"

穆童笑了笑，像是要承担责任，老师自然不信："穆童，你说，是谁干的？你说谁，肯定就是谁！"老师望着穆童，满眼鼓励的目光。

穆童站起来，轻轻往赵刚那边扫了一眼，瞬间又收回目光，扫向大家，他红着脸，挠着头，扭捏了好大会儿，才说："不知道。"穆童老实地回答着。

我们也知道穆童会这样回答，他就是那样的蠢笨。平日里同学们都喜欢整他，更喜欢耍他。他却不会报复人，更不会错怪任何人。老师很失望，瞪着我们恨恨地说："穆童，你这个样子，将来肯定要吃亏的！"

学校组织去看电影《天下无贼》，我们想到穆童的大脑袋，一双大耳朵，背着补丁摞补丁的书包，憨憨的，傻傻的，特像傻根。赵刚看完电影后一拍大腿说："这就对了，穆童以后就是我们班的'傻根'。"

打那后，学生都知道三班有个学生也叫"傻根"。

学校组织春游，我们进山踏青，路上一股脑儿把包都交给了傻根，傻根满头大汗跟在我们后面，身上像背着一座山，我们嫌他走得慢，老是催他走快些。来到一条河边，吊桥上的绳索有点问题。赵刚说："傻根你来，先趟趟水，把同学一个个背过去。"穆童说："好嘞，你们等着。"

老师赶到后，大声说："你们男生就不能自己趟过去吗？想把穆童累死吗！"看着汗流浃背、步履蹒跚的穆童，我们突然感到从未有过的愧疚。

"六一"儿童节前夕，学校要每班报一名优秀少先队员。班长和学习委员争着都要上报，争得不可开交。李老师让学生们投票推荐，结果同学们选的竟都是穆童，特别一致。李老师念着选票，眼里含了泪花。我们知道穆童不是班上学习最好的，也不是最聪明的。他是班里最笨、学习最不好、做人最傻的，但是大家就是愿意选他。

老师说："好，穆童全票通过。我知道大家都叫他'傻根'，还说明他有不足的一面，以后你们谁愿意帮他？"大家齐刷刷地举起手来，异口同声地说："我们愿意帮穆童。"赵刚站起来，拍着胸口说："他是少先队员代表，更是我们班的骄傲，他的事，就由我们去做！"

好！我们全力支持我们的傻根。我带头站起来鼓掌。穆童在热烈的掌声中，脸更红了，笑容更甜了。

第一次当"编辑部主任"

文 / 洪雨婷

今天是开学的第一天,新任班主任张老师宣布了我们三(4)班班委会成员的名单,我有幸成为了班级的宣传委员。这对于从来未尝过"官"味又"官"瘾十足的我来说,的确是一件令人欣慰的事情。张老师同时要求我全权策划好三(4)班黑板报,并尽快出好第一期。我接受这个光荣任务的同时,又感到肩上责任的重大。

我首先召集了一班人马,共同谋划黑板报的有关事宜。以图文并茂、内容丰富、设计新颖、能给人以启迪作为办报宗旨,打算将我班的黑板报办成全校最好的。接着,我对出黑板报分了一下工。我让学习委员王佳佳负责选材;"小书法迷"亮亮的字写得最棒,让他负责抄写;让画花草树木、虫鱼鸟兽、人物素描栩栩如生的圆圆承担绘图的任务;我则充当黑板报的"编辑部主任"这个角色。

我将从图书馆借来的《小学生手抄报、黑板报版式设计》以及《现代板报常用图案》和米尺、彩色粉笔等作图工具放在讲台上,让他们各取所需。听到我一声令下,大家立即忙碌了起来,选材的选材,抄写的抄写,画画的画画……忙得不亦乐乎。

"'编辑部主任',请过来一下。"忽然,负责绘图的圆圆大声喊道,"我认为刊头画就像是黑板报的眼睛,我初选了几幅,还是敬请主任亲自审阅,并最终定稿。"我挠了挠头,说道:"哎,真是的,刊头一定要富有教育意义，而且要能突出本期的中心。嗯，我看这幅《幼苗》还是挺不错的……"

话音刚落，站在一旁的抄写员亮亮又嚷了起来："主任大人，你让我抄写，可没有让我编写啊。这新学期寄语，你给我想一想。"我略加思索，一字一句地说："你这样写：亲爱的同学们，愉快的假期已经过去，我们又满怀信心地迎来了新的一学期……"

"滴答、滴答……"墙上的时钟不紧不慢地走着，不知不觉中，短短的一个多小时就这样过去了，我们的作品也已经基本上完成了。"哎呀！"不知是谁惊慌失措地尖叫起来。"怎么啦？"大家不约而同地问。"咱们忘记给标题留地方了。"我咬一下嘴唇，坐在凳子上冥思苦想起来。"咱们干脆把标题穿插在刊头内，怎么样？"我建议道。"太棒了！"大家一起拍手称快。我拿起鲜红色的粉笔，郑重地递给亮亮，对他说："我们这期黑板报就题名为'茁壮'吧！"亮亮接到粉笔，三下五除二就大功告成了。

大家望着自己的劳动成果，都开心地笑了。我说："各位辛苦了。"谁知，这些调皮鬼冲我嚷嚷："哪里话，还是我们的'编辑部主任'的功劳大！"我冲他们一努嘴，会意地笑了。

青春驿站

美化生活的种子

文 / 段添宜

> "你这颗要美化世界的心,就是美化生活的种子,只要你是在辛勤地栽培,不断地为它付出劳动,它将来就会花开满树……"
>
> ——题记

中午,太阳像发疯了一般,施展浑身解数,宣泄着全部的热量。

路上没有几个人,我正低头往奶奶家走去。走着,走着,忽然一个影子让我停住了脚步。抬头一看,原来是一位发传单的姐姐。我接了过来,瞄了瞄,原来是一家超市大清仓的广告,我随手就丢了。

无聊地看着广告纸打了几个旋,缓缓落地后,我接着往前走。与一位四十来岁、穿着脏兮兮的上衣和深绿色长裤的清洁工人擦肩而过。天气太热了,只见她不住地用挂在脖子上的毛巾擦汗,可是汗却像止不住的水龙头似的,永远都擦不尽。迎面扑来的那股臭味、烂泥味、烟灰味、腐烂味,还有一些分辨不出的味道,让我直想屏住呼吸。我不由加快脚步向前走去,想早一点让自己喘口气,可我又不由回头看了一眼。

眼前的一幕让我羞红了脸:这位清洁工正一手拿扫把,一手拿撮箕,默默地扫起我刚刚丢掉的那张广告纸——尽管她知道是我丢的。扫完之后,她便默默地朝我走来。

"怎么办,我要怎么办?哎呀,早知道就不丢了。"此时的我又急又羞。谁知她什么也没说，什么也没做，只是将撮箕里的垃圾倒进我身边的垃圾桶而已。倒完垃圾，搬起垃圾桶，将垃圾倒进手推车之后，她又开始一丝不苟地打扫着未打扫的每一个角落，在身后留下了一条洁净的街道。

"为什么她不说我两句，或者白我两眼呢？"我心里很不是滋味，"要知道，她什么也不说，什么也不做，却要比打我骂我还让我难受呀！要知道，就是因为有太多太多像我这样乱抛乱丢的人，她们的工作才这么辛苦、这么劳累的呀！"

想到自己刚才所做的不光彩事，我上前追了两步，想要说点什么，可是又不知道该说什么才好。就在我愣在太阳底下不知所措时，一阵热风刮过，从前边的树上飘下了几颗种子，落在我的跟前。看看这几颗种子，再看看正忙碌的清洁工，我不禁想起了作家柯蓝的《种子》一文里的那段话："你这颗要美化世界的心，就是美化生活的种子，只要你是在辛勤地栽培，不断地为它付出劳动，它将来就会花开满树……"眼前这位女清洁工就是有这样的心啊！

"我该向她道个歉！"就在我准备迈步时，远处的她正扬起头，张开嘴，准备喝水。只见她先是拿着瓶子倒了倒，然后又摇了摇。"是没水了。"想到这，我急切地走向身旁的一家小店，买了两瓶水给她送过去。

宽 容

文 / 王峥

　　宽容，人们常常挂在嘴边，可又有几个人能真正领悟它的含义并且能做到呢？

　　星期五的下午，我们上了一堂体育课，这堂课是练习跳远。轮到刘倩雨跳时，朱修莹就在前面开着玩笑地喊道："刘倩雨，快跳，你老公刘轩诚在前面等着你呢！"朱修莹的话还没说完，我们几个在那儿就已经笑喷了。

　　刘倩雨恼羞成怒，一跳完就马上跑过去追打朱修莹，想要给她一个好看。就在她们俩打打闹闹地一直追到塑胶跑道上时，朱修莹回头又冒出一句火上浇油的话："刘倩雨，快看，你老公要跳了！"这下，刘倩雨彻底爆发了，没好气地吼了一句："去死！"边说边用力推了朱修莹一把。

　　朱修莹没站稳便一下摔了下去，手蹭到跑道上，流血了。要知道，手蹭到塑胶跑道上是很痛的，大家做俯卧撑时就已经深有体会。周围看热闹的我们当时都吓了一跳，刘倩雨也愣住了。而朱修莹呢，当然是因为疼痛而忍不住流下了眼泪。直到朱修莹边抹着泪边说"好疼"，我们这才反应过来，跑过去把她拉了起来。

　　有帮忙的，也有幸灾乐祸的。这不，前面的男生看到这场面，马上就起哄了："噢，刘倩雨闯祸喽，她把朱修莹的手臂蹭破了！"虽然我们白了他们一眼,但后来还是有人去打了小报告,告诉了体育老师张老师。张老师便把刘倩雨和朱修莹叫了过去。她俩回来后,还有人想把这事告诉班主任黄老师,朱修莹马上制止他:"有什么关系,一点鸡毛蒜皮的小事。再说了,刘倩雨又不是故意的。"听了这话,刘倩雨抬起头,用感激的眼神望着朱修莹,刚想说什么,可又把嘴闭上了。

下课后,刘倩雨和朱修莹俩人来到楼道上,我们几个爱八卦的女生也悄悄尾随了过去。因为怕被发现,不敢离她们太近,我们只隐隐地听见:"朱,刚才是我不小心……"刘倩雨话还没说完,就被朱修莹制止了:"刘,没关系,一点小伤而已,而且你又不是故意的。"此后,两人的关系因为朱修莹的宽容而又增进了不少。而我也从中受益匪浅,至少,我明白了什么是宽容!

如果人们的心灵是一片广阔的海,那宽容就是一片天空,因为比海更宽广的莫过于天空了。无论是工作、学习,还是生活,无论是对待认识的人还是陌生人,我们都要有一颗宽容的心!只有这样,我们的生活才会充满阳光!

生活不易，且行且珍惜

文 / 赵登怡

我总是莫名地喜欢谈论一些老生常谈的话题，除此之外觉得自己一无是处，只能如此。轻易否定自己人生的人要么曾经历过一段失意的时光，要么忍受过常人难以忍受过的痛苦与折磨。但是毋庸置疑的是这个人还没有走出曾经的困境，没有放下心头的挂念，以至于由爱生嗔，开始愤世嫉俗，逃避这个本不安宁的社会。

生活就是当自己出生之后注定要活着，必须要经历悲欢离合，品尝苦辣酸甜。我们很乐意说生容易，活容易，但是生活不容易。我曾经探索为何正值青春年少的我们会对生活产生质疑的态度，难道是因为情窦初开的我们过早成熟，抑或是风流倜傥的岁月过于短暂。其实每一个阶段的我们都有自己的职责与使命，正如一朵花开一朵花败，就如童年的我们是欢乐坦率真诚的，少年的我们是青涩稚嫩理想的，青年的我们是尝试探讨果敢的，成年的我们是老到独特稳重的。

我不会说自己喜欢哪种生活，憧憬哪种年华，因为生活就是一个由年幼到衰老，由无知到坦然的过程。缺少了哪一段篇章，少了哪一寸芳华，人生都是残缺不完整的。

回首往昔总有一段记忆值得铭记与感怀，总有一段情愫需要埋葬与祭奠，总有一份热血渴望点燃与浇灌，总有一份忧伤等待爱抚与释然。

我们于这个世界的每一步仿佛早已成定数，我们需要的仅仅是按部就班地度过每一段平凡而不平庸的韶华，抱怨是解决不了问题的。或许每个人都需要磨练与打拼，或许经不住考验的人会自怨自艾沉没海底，或许一帆风顺的人生可遇而不可求。与其幻想海市蜃楼，不如放眼无垠苍穹。与其静等成功，不如勤加努力。

　　我们每个人都无法选择自己的出生环境，但是不能因为自己高贵就止步不前，不能因为自己潦倒就觉低人一等。我们都是简简单单的普通人，既然起点比别人慢了一拍，那就更要不抛弃，不放弃，放手一搏，拼出自己的一片蓝天。

人生无常，谁也不能保证你上半生与下半生的幸福。前路漫漫痛苦也罢，欢乐也罢，都需要自己坦然面对，如果连风雨都经不住的人生，谈何铁肩道义为国效力。如果自己一味怨天尤人不思进取，那么以后的路会更加难行。其实只要自己站起来，整个世界都会为你让路，如果迷失自我那将坠入万丈深渊。

每个人无疑都是最优秀的，至少都是独一无二的，这是造物主赋予你的优势，任何时候都要相信自己，因为每个人是无可取代的。过去的光环并不代表今后的荣辱，但也并不意味着毫无用处，至少当你回味时依然很欣慰满足。

既然人生的每一步都已成定数，何不静心度过这刹那芳华，不求大富大贵，但求平淡充实。记住没有人会永远成功，也不是每个人都会成功。不劳而获的人生是不现实的，但也并不意味着不可能实现。我们要时刻铭记幸运女神往往不会眷顾你我这样的人，所以想要什么自己去争取，至少到头来可以自豪地说一句"我努力了，问心无愧"。

你无法叫醒一个装睡的人，也无法感动一个不爱自己的人。生而为人，要么接受命运的不公，迎难而上；要么甘作俘虏的小猪，任人宰割。每个人都有悲情的故事，正如年少的心需要甘露滋润阳光呵护。每个人都怀揣简单的梦想，正如懵懂少女渴望爱情的浇灌，追风少年仰慕如花的情人。平淡的人生更需要珍惜，因为我们永远不能预知下一步会发生什么。

今天无论欢乐与痛苦，请铭记还有很多人关心在意你。生活还得继续，我们需要坚强。好好历练，永不言弃，不忘初衷方得善果。

生活不易，且行且珍惜！

苦涩的初恋

文 / 赵登怡

如果说前二十载未曾留下遗憾，恐难以让人信服。可是真正令人遗憾的事又是何其多，而最刻骨铭心的莫过于年少时的恋爱了。那年不曾懂爱，我们轻易将爱说出口，轻易许下诺言，只是她终究抵不了岁月的打磨。到头来终会有一个人受伤，而幸运的是那个人是我不是你。你很好，我也就无恙。让所有的泪一个人流，总比忍受两个人的煎熬要好。

曾经我们轻易许下豪言壮志，曾经我们从未说过放弃，曾经我们说好要坚强，到头来发现终究还是错了，那年我们太年轻、太随意。山盟海誓不是你我的过错，此一时彼一时，谁又能说曾经的我们又何尝不想地久天长呢？只是时光会老，你也会变，我们早已不是故人心。你走，我不挽留；你落泪，我还会揽你入怀，予你温暖。我不曾改变，因为我还未曾老去！或许这是我最骄傲自豪的独白吧！只是你我早已分隔天涯，永不再见了。

静，这辈子与你相许，我不知道自己是幸运还是不幸的，反正遇上了就是遇上了，爱上了就是爱上了。原来相爱如此简单，只是你我尚不曾懂得，你不愿意伤害我却伤我最深。我宁愿将你忘记，可总是愧疚于自己曾经付出的心。

叹一句悲凉纠结的人生，怜一声牵肠挂肚的恩爱。

与静相识是在冬日的一个深夜里。那夜，枯木不停地挥洒残留的黄叶，冷风不停地袭击道旁的路灯。昏黄的暗灯下，你全神贯注地默读文章，而我不停地徘徊不前。你我不曾预料的邂逅竟萌生我沉睡已久的爱意，自那夜起，我不可救药疯狂地喜欢上了你。不管是白天学习，还是晚上做梦，心里想的都是你，你就是我要命的红颜。

最终在我软硬兼施的情况下，你终于退步，答应与我交往。于是我们也会像情侣一样在操场漫步，偶尔你也会淘气耍赖，而我对你百般忍让。那一刻起真想一辈子就这样度过，幸福原来如此简单，只是过去不曾体验。

自从不可救药地喜欢上了你，看不到你的日子，我寝食难安，无法安心学习。以至于守候窗户之旁，等待你的出现。或许每个人心中都有一扇虚掩的窗，或大或小，或明或暗；窗外面的人看不透里面人的心思，遂闷闷不乐；但窗里面的人早已透过虚掩的玻璃，看尽沧桑。虽然我在窗外苦苦地思念着你，而你却不懂我，你是否还在窗前看风景，抑或是守候你的恋人。那样我会不会也曾在你的脑海中悄然闪过呢？我只愿片刻的欢乐，像一条游离的鱼，只需七秒钟的记忆，你能给我吗？

Love begins with a smile, grows with a kiss, and ends with a tear.

（爱，起于微笑，浓于亲吻，逝于泪水。）

那夜朦胧的邂逅，你嘴角扬起的笑容留下永恒的记忆；那日懵懂的嬉戏，你踮起脚尖的亲吻记载醉人的花香；那天聒噪的蝉鸣，你意料之外的电话惊醒沉睡的梦。我知道我们不能再回到过去那样的生活了，而我依然垂死挣扎，祈求破镜重圆。

我终究是错了，有些人明明是深爱的，总要放弃，因为不适合。有些事明明改变不了，总要坚持，因为不甘心。我与你不曾转身，也丢失了美好的岁月。如今你华丽的转身只留下远去的背影，叫我怅然若失，我怎能不生愁呢？

并不是每一个故事都需要有结尾，你我的爱恋便是最好的例证。没有结尾的故事，我会依稀记得我们的昨天，那是最完美的恋情。梦醒、曲终人散；离伤、酒入愁肠。天涯何在，英雄老去，我还依稀笑傲江湖，可是我的江湖早已不见你的踪迹！注定要分开，我的世界还是要我一个人孤独行走，再见我的恋人！

　　时过境迁，我渐渐学会了释然，学会了放弃，学会了无所谓。没有你的日子，尽管生活艰难，我还是努力生存。至少明朝的太阳还会依然升起，至少还有一朵向阳开放的花朵。

　　所以我选择遗忘，选择埋葬我们不完美但却动人的爱恋。

　　我们时常说服自己学会忘却，可真的好难。但我没有打扰你，知道你过得很好，故不需要闯进你的世界！有些人是深爱的，但永远不敢靠近，只能祈福！带刺的玫瑰伤的不仅仅是一个人，先开花的玉兰不需要绿叶的衬托，它依然会艳压群芳，正如你我的人生，离开了我，你会飞得更高！

　　有些爱需要放手，给自己一个机会，给别人一片蓝天！

十厘米的爱情

文 / 赵登怡

十厘米有多长，谁知道？其实十厘米只是一个数字，难以说明长度。如果十厘米的长度是心与心之间的距离，你还能度量它的长度吗？幸好在牙擦苏的眼中，十厘米只是身高的差距而不是心与心之间的距离。我暗自为牙擦苏叫好，他是一个幸运的宠儿，可是这厮就是不知道珍惜，活该让他单身这么久。但话又说过来，人家可以自豪地说："哥们，我是被追的好不。"一想到这儿，我就气不打一处来，如果这厮在我眼前我定会将他撕个稀巴烂，方解心头之恨。

第一次与牙擦苏见面是2009年的秋天，橙黄色的树叶偶尔随着舒适的秋风翩翩起舞，一叶落而知天下秋，天气慢慢转凉。第一次离家上学还是需要极大的勇气，尽管身边还有驱寒御暖的老父亲陪伴。与牙擦苏相遇顿感此人就是个厉害家伙，一个鸭舌帽更显得其身高的寒酸，他的身高真的不值得吐槽。虽然一起度过三年韶华时光，但我总觉得他一点没变，还是那么孩子气，还是不变的身高。只是他那引以为傲的发丝为他挽回了一些颜面，他那帅气的甩发姿势一时成为室友追捧的时尚，不得不说这家伙是个十足的臭美之人。

牙擦苏从来不说他的家庭情况，所以我们也不会过问他。他就是一个没心没肺的家伙，每天除了睡觉、打游戏或者陪我们打篮球，还真的不知道他会什么。由于他人小鬼大，所以老班选择他每天替老班送早餐。每次回来，他都是一副没精打采的模样，显然老班又教训了他。而我总是会调侃他："你看你多有个人魅力，老班亲自点你为送饭大使。"他向我投来鄙视的目光，"哥们，有种你去吧，我才懒得去呢！"每次谈话后，我们又嬉戏打闹，浑浑噩噩地过着颓废的高中生活。直到寒假聚餐时老班说明"送饭大使"的缘故时，我对这哥们肃然起敬。经历那么大变故还能表现得如此淡定，如此坚强，他会是我今后学习的榜样。我经常因为生活中的一些小事自怨自艾，而他竟能一笑而过，这或许是我们之间有十厘米差距的原因吧！

做梦也想不到牙擦苏这样的身高会和我们一样把守祖国的边疆，可事实证明他就是坐到了倒数第一排，我的后面。曾经老班与前面的美女们向他抛来橄榄枝，劝告他坐到了第一排，但是当天晚上他就撤离了前沿阵地。我笑着问他："牙擦苏你怎能弃美女不顾逃离战场呢？"他笑着回答："金窝银窝不如自己的狗窝舒服，还是和你们几个光棍在一起好啊！"我打心眼里佩服这个家伙，竟然还有重友轻色的人。老班的辅导课上原本想给他竖大拇指，可是回头一看，他正睡得酣畅淋漓。这家伙哪里是因为我们几个单身汉才回来的，还不是为自己找个避风的港湾，以至于忙里偷闲多睡几回。牙擦苏因此也获得了光荣的称号——"睡神"，我始终觉得"睡神"这个称号配不上他，但又苦于找不到其他名字只好凑合用了。

或许在旁人眼中他是一个玩世不恭的人，其实起初我也是这样认为的，但是高一时的期中考试改变了我对他的看法。那次他以769分的成绩位居第二，看着他那副得意扬扬的样子，当时有很多人对他恨得咬牙切齿，但又奈何不得。（补充一句我以798的成绩独领风骚，所以没必要羡慕他，哈哈。）那次考试很多人都成了黑马，我们324寝室集齐扬名了，所以周末早上四点便早早起床去占篮球场地打篮球。不得不说是我们这几个不友好的哥们儿将他推入篮球这条不归路的，以至于每个熄灯后的晚上我们侃侃而谈，无非是篮球界的那些事。由于他是比较突出的一个，所以每次被抓批评的总有他。其实在那些贪玩的年代里怎能少得了这种背黑锅的哥们，若不是他们的鼎力支持我们岂会活得这么潇洒，度过一段精彩的青春年华呢？

高中寝室里的那些事无非就是一些八卦新闻和看电影聊天，幸运的是我们样样占全，甚至还多了几样。牙擦苏也会暴露自己的情史，这让人大跌眼镜，他这样的个头——我提出了质疑。他立即反驳："哥们儿初中就恋爱了好不，看你们几个傻样连女孩的手都没牵过吧。"我笑着问道："你女朋友多高啊？"他听到我不友好的发问，立马回应"和我差不多"。"都说完美的爱情身高差距是十厘米，看来你们前景堪忧啊。"有人立马质疑。他就不再搭理我们了，一个人仰望着星辰抽起了烟。一哥们儿回应道："烟酒伤身不伤心。"尴尬的局面得以恢复，我们又开始闲言碎语了。

记得高二时流行起寝室看电影的习俗，像这种高科技的玩意儿只有擅长游戏的牙擦苏才能搞定。在那些兵荒马乱没有硝烟的战争年代，我们依靠牙擦苏看了许多经典电影，例如《那些年，我们一起追过的女孩》等等。夏日里我们几人趴在高床上看着窗外的风景，有时有美女经过，为了徒增乐趣我们向窗外大喊，然后将牙擦苏推出台面，而此时美女们蔑视地说道："神经病。"看来屌丝真的伤不起，自那以后牙擦苏也就不再谈论感情的事了，真心为他叫屈。

我始终相信每个人都有爱与被爱的权利，每个人的青春都需要一场分手抑或是不分手的恋爱来滋润。高三那年生活依旧还是那么单调，"三点一线"的生活从未改变，而我的成绩随着年轮的增长也逐渐下降，早已不再有问鼎中原的可能。反观牙擦苏亦是如此，虽然我们彼此知道不会跌于重本线，但是偶尔也会忧愁，担心未来。好像对一群没心没肺的孩子说这些话似乎没有意义，但是人无绝对的善恶之分，不能一棒将人打死，永世不得超生。

平淡的日子接踵而至，每个夜幕降临的夜晚，仰望星辰，抿一口香茶，抽一支香烟是我们彼此再熟悉不过的日子，或许只有爱过的人才懂得寂寞沙洲冷的味道，或许只有被拒绝的人才会体会到绝望的压抑。那种刻骨铭心的痛如同翻滚的烟圈萦绕而去，在夜空渐渐消失了踪迹，亦如牙擦苏一去不复返的初恋。

蓦然回首，那人却在灯火阑珊处。

其实我们并不孤单，其实我们并不是没有人爱，我们忽略的反而却是我们最值得珍惜的人。或许她已经潜意识入住了我们的心房，只是我们还没有走出别人的心田而已。

千帆过处，终有一点属于我们自己；淙淙清泉，总有一瓢专属我们独饮。

高三那年，牙擦苏绝对是碰上了狗屎运。每天清晨揉着半睡半醒的蒙眬双眼，他都会发现一些香茗或者清茶提神解困，每天午休回来神奇的礼物从天而至。起初我们都不以为意，但是时间一久，就觉得不对劲。在我们众星探明察暗访之后终于发现了事情的原委，原来是前排暗恋我们"睡神"的大眼妹暗送秋波。牙擦苏知道后明显感到不满，但是为了满足我们这些好哥们儿的饥肠，于是我们苦苦劝告他接受。都说男追女隔座山，女追男隔层纸。没想到这纸一年都没有被捅破，我一直怀疑这纸是不是铜打铁铸的。尽管两人没在一起，但是我们照旧可以一饱口福，没想到大眼妹还真能够坚持。我想把这种愚公移山的精神贯彻在自己的身上，但是结果却是同样的悲剧。

牙擦苏拒绝大眼妹的理由很简单，大眼妹一米七，而我们"睡神"姑且算为一米六吧（其实不好意思吐槽他的身高）。人与人之间是有距离的，况且牙擦苏也是相信命运的人，传统的观念是男孩个头要比女孩个头高，这不，十厘米的差距竟然拆散一对苦命鸳鸯。呜呼哀哉！

高三毕业后两人很默契地考入了当地同一所大学,原本以为大学会使人与人之间的距离拉大,但是万万没想到,牙擦苏与大眼妹在一起了。听到这个消息我差点打翻杯子,口里还未咽下的食物呛得我半天没回过神来。看到他们旅行时幸福的模样,以及牙擦苏猥琐的照片,本人深感气愤。原来此两人早已暗结连理,竟然瞒着我们这么久。我当下一点电话拨了过去,把他骂得面目全非,他只是乐呵呵地傻笑。虽然这厮欺骗了我们,但是还是由衷地祝福他,从此总算有个家了,不会像我们一样打游戏熬通宵都没人理。

十厘米有多远,有多长,我不知道。但是我坚信只要我们心中有爱,彼此信任对方,时间距离都不是问题,不是借口。

这些年过去了,牙擦苏你的身高还是一如既往吗?我曾经固执地以为只有男人比女人高十厘米才会有真正的幸福,其实我错了,十厘米不是阻断我们感情的借口,但它却是唯一能解释通的借口。牙擦苏祝你幸福,也祝你身高依旧,感情依旧!

诚信与面子

文 / 黄沁芃

在面子和诚信中间，如果选面子就会失诚信，如果选诚信就是丢面子，你会选择哪一个呢？我就曾经遇到过这样的难题。

这事发生在小学六年级。那一天，正是下发期中试卷的日子。试卷发下来，真是几家欢喜几家愁。考得好的同学欢呼雀跃，考得差的同学无奈摇头。还有的呢？就像我，在捶胸顿足，因为不该错的地方却错了，以致功亏一篑。此时的天空乌云密布，正如我那刻的心情。

就在我十分后悔却又无可奈何时，老师发话了："'人固有一死，或轻于鸿毛，或重于泰山'这句话中，'或'字的解释，写错了的同学请起立。"这个字的意思老师讲了很多遍，本不应该错的，但是考试时，我却不知是怎么了，居然写错了，真是不应该！老师冒出的这一句话让本已后悔莫及的我更觉情何以堪！

老师的话音一落，很多成绩差的同学已经站起来了。"我也要起来吗？"对于我来说，这是一个艰难的选择。

我的成绩一直不错，还是副班长。如果我也站了起来，同学们的冷嘲热讽自然少不了"副班长都错了，他上课也不听讲"……我仿佛现在就听到了那刺耳的嘲讽。"但如果不起来，固然能维持自己在同学们心中的形象，但这可是欺骗，是欺骗换来的虚荣呀！"

"怎么办？起来还是不起来？"这时同桌也投来了理解的目光，表示能够包容我。"人无信而不立!更何况事情一旦败露之后,我辛辛苦苦在同学面前树立的光辉形象将会轰然倒塌,留给自己的——将会是更难堪!"在权衡利弊后,我在同桌诧异的目光中毅然而决然地站起来了。教室里先是一阵骚动,紧接着是冷寂无声。我不敢抬头面对大家的眼睛,只能将火辣辣的脸深深地埋在衣领下。虽然我低着头,看不到同学们的表情和眼神,可我却分明感受到了同学们那灼热的目光——有震惊,有鄙夷,也有鼓励……就在我想找个地缝钻进去时,耳畔响起了老师洪亮的话语:"黄沁芃同学做得非常好,虽然他丢失了一些所谓的'面子',但他却收获得更多。敢于面对自己的错误,这才是最难能可贵的。只有敢于面对,才能更好地改正自己的错误,获得更长足的进步!让我们为他的勇气和进步鼓掌!"老师话音刚落,教室里就响起了一阵热烈的掌声。在掌声中,本想找个地缝钻进去的我坦然了,慢慢地抬起了头……

那次考验,我通过了。我们要做一个诚实、敢于面对错误的人,只有这样,才能通过人生中一次又一次的考验。

欠你一句对不起

文 / 汪文钰

我收拾房间时，不经意间发现了一个红匣子，轻轻地打开，一个小巧玲珑的花生橡皮便映入眼前。橡皮上的花纹道道明显，却粘着几块不入眼的胶布，触目惊心地闪着我的眼。于是，那一段悲伤的往事浮现在我的眼前。

"喃，这是你的橡皮吗？"一个扎马尾的小姑娘追着我问。"当然了，好看吧？"我高高举起手中的橡皮，那一道道美丽的纹理，在阳光的照射下很像花生。女孩轻轻地踮起脚，用小手抚摸了下橡皮，眼中充满了羡慕，微微抬了一下头，用乞求的语气又察言观色地小心问："姐姐，你能送我吗？"我一听这话，刚刚松弛的脸又紧绷起来，迅速地将高举的橡皮收回来，紧紧地握在手里。

她好像早知道我会那样似的，便轻轻用小手摇着我的手臂，似乎想征求我的同意。我轻巧地一转身，便和她一起嬉戏。那时，笑容洋溢在我们心里，周围却早已花落满地。

可是，这以后的日子里，却不时掠过几丝危机。很快，那花生橡皮便从书包里消失了。我嘴角微微一咧，浅浅一笑：朋友，是这样的吗？于是，我就开始时不时注意她。毕竟嘛，事实和想的往往是不一样的。可是后来，在桌子上的角落里，我发现那块橡皮黯然失色地蹲在那里。我不由捂嘴惊叫："怎么会这样？"望向她，此时的她正坐在草坪上。

我向她走去，她轻轻地回头，淡淡地说："橡皮不见了吗？"

我心中一惊，但很快就镇定自如，但我的脑子乱得很，所以我迫不及待地撒了一个小谎："唉，是找不到了呀！"

听了这话，她嘴张得大大的，但很快，她也不以为然地应了一句："哦。"随后，她起身对我说："没什么事我先回去了。"说完便和我擦肩而过，我隐隐约约闻出了一股淡淡清香。

我独自一人，坐在草坪上，不由仰望蓝天，唯有鲜花野草默默陪伴。

我刚一进教室，发现书桌上又多了一块花生橡皮。我拿起来，放在鼻下，细细地嗅着，幽幽一丝清香使我确定是她放的。我气愤地将橡皮扔向窗外。她快步跑来，大声质问我："你为什么扔它？"

我从书包中拿出那一块橡皮，也用往日她对我淡淡的语气对她说："你为什么偷我的……"

"不，不是这样的！"她站在我前面，大声反驳。我什么也没说，轻轻拾起橡皮，用力掰成两半放在了桌面上，"好，给你！"我转过头，把两半橡皮塞给了她。她顿时愣在那里，而我却扬长而去。

窗外风光依旧好，几只小雀鸣叫着，坐在草坪上的我却心乱如麻。日历一页页撕去，岁月一年年流逝，不知何时，这橡皮又回到了我的手里，不过除了粘着的胶布，还有一封信：

亲爱的朋友：

嗨！近来好吗？

曾经我们是朋友，不过你会对此不屑一顾，但我们曾经真的很要好，不是吗？

其实，这一切都不是你所想的。我有一件事忘了告诉你，有一次，回家时妹妹喜欢上了橡皮，于是我动了贪念，偷偷拿走了你的橡皮。可

我知道，你肯定已经开始怀疑。于是，我偷偷在中午时把橡皮放了回去。可你说，橡皮依旧没了，这时，我便毫不犹豫地买了一块，却因为我身上的香皂味浓了些，染上了星星点点的味……

为了这份友谊，如今，我又粘了它，不如请收下吧！

你的朋友

我轻轻握着它，是我误会了这一切，是我破坏了这份友谊，是我堵住了朋友与我沟通的渠道！看着它，我又轻轻打开信纸，铺笔写道：

亲爱的朋友：

请原谅我吧！你对我一片真诚却换不来我的真心，骄傲的面具摘下时我却发现，我欠了你一句对不起。可是我是虚伪的，我怎么不会对你说"对不起"？如今，一切雾霾散去，我也应该说一声久违的对不起了吧！

对不起，朋友！

你的朋友

写信的同时，我也在心中轻轻念叨着："对不起，朋友。"

谎 言

文 / 王黎冰

飘浮的空气渐渐有了微寒之意，淋淋漓漓湿润着我的每一寸肌肤。我这才知道，已是快立秋的时节了。

这是个周末，我趴在书桌前做着作业，自己的身心和跃动的笔尖一样无比畅爽。复读机幽冷的音乐，淡淡地飘逸开来，有种来自遥远的印度的味道，梵音如丝，仙乐似潮，又好像源自辽阔的天堂……

"咚咚呛……咚咚呛……"一阵嘈杂的锣鼓声打乱我的思绪，刺激了我的听觉，搅扰得我无法专心做事。是什么哦？也许是什么新鲜的玩意儿呢！临街的家真好，四处游走的稀奇古怪的东西络绎不绝，引发街坊邻居的阵阵好奇。这对我或许更像"潘多拉魔盒"被打开，自己宽容地给自己开了方便之门——何不出去瞧瞧？！我悄然循着诱惑的声音走出屋来，眼前竟是这样一番景象——

街的对面，铺开了一张肮脏的深红色的破地毯，破地毯上面有两个蓬头垢面、弱不禁风的小男孩，他们穿着破烂的红衣红裤，认真地在红地毯上不停地翻筋斗。红地毯后面是两个大一些的男孩子，他们有十七八岁的样子，一样的蓬头垢面，一样的像几个月没有洗澡理发似的。他们似乎并不在乎这些，反倒起劲地敲打着破锣破鼓，刺耳的噪音就这样传遍了我们这里的大街小巷。

"唉，小小年纪，不回去好好读书，出来卖什么艺呀？"一个老爷爷情不自禁地叹息着。

"是啊，他们这样，不是错位了吗？"我不由得嘟囔了一句。

这时，疯狂的表演吸引了我家周围的很多人和一些赶场的农民，就连忙着赶路的人也停下来驻足观望。

破地毯上那两个小男孩见这阵势，表演得更加卖劲，一旁的锣鼓响得更是热闹了。

这时，他们开始表演"攀登天梯"。这个极具煽动力的动作难度不小，他们高超的表演技艺和他们的小小年龄相比，实在是不匹配。

我正专心地欣赏他们的精彩表演时，爸爸拍拍我的头，大声地对我讲起来："看看他们，年纪还这么小，就出来卖艺挣生活费，也许还是为了挣学费呢。可见，他们是多么不容易，又是多么的努力认真啊！"

我对爸爸的话将信将疑。这时，妈妈也过来凑热闹，接过爸爸的话头："对对，台上一分钟，台下十年功，你要学点他们的那股勇猛劲儿……"我木讷地点点头，心里还是挺佩服他们的。

不知道何时，破地毯上那两个男孩不见了，破锣破鼓的鼓噪之声也瞬间断绝，把看得入神的我一下子惊醒过来。我忙不迭地四下搜寻，期望马上能够寻觅到他们的踪影，差点把内心的话说出口："耶，蒸发了嗦？！"

"哥哥，行行好吧！"忽然，一只脏兮兮的手朝我伸过来，一句惨兮兮的话直入耳鼓。我抬起头一瞅，差一点没把我吓一大跳，面前站立的居然是个女生，可还真没有想到也没见过哪个女生会这般不收拾自己：一头乱糟糟的头发下，竟是一张脏兮兮的面孔，让人看不清楚她究竟是什么模样，她身上那套红衣红裤皱巴巴地像老腌菜，上上下下都是大孔小洞。

我马上意识到，她或许也是这表演队伍中的一员吧。那只伸过来的手也不费思量，就是向我这个观众收钱的！我赶紧掏了一下口袋，只有两角钱，便想"轻重是个礼，长短是根棍"，就全给了她，也算是我的一点微薄心意吧。

"哼！"脏兮兮的面孔发出不满意的声音，对我不但没说句感谢的话，甚至还皱起眉头低着嗓子说了一句什么。我没听清她说的是什么，想来也不会是什么好话，可能是嫌我给的钱太少？！然后她又转身向其他人走去。

我很厌恶地瞪了她一眼，内心不舒服起来："他们到这里表演，怎么能够这样呢？这给钱或多或少，都是大家的心意嘛，怎么还挑肥拣瘦、'嫌贫爱富'呢？"

爸爸好像看穿了我的心思，说道："市场经济，就这样搞起的！革命不分先后，要钱不论大小。"

不经意间，我看到整条街上全热闹起来，到处穿梭着红衣红裤的女孩子男孩子，全都伸出脏兮兮的手，凡是在他们表演圈子围观的人，他们一律不放过，都要伸手要钱！

这时，刚刚在破地毯上参加表演后"失踪"的一个五六岁小男孩出现了，只见他小小的双手紧紧抓扯着一位老爷爷的自行车，死活不让老爷爷离开。

我还以为是老爷爷没给钱呢，只见那位老爷爷极力申辩，说他已经给过两次钱了。拦自行车的小男孩可不管这些，反复说老爷爷没有给一分钱，白看了他们的表演！

围观的人宁愿相信小男孩，也不肯相信老爷爷，纷纷向老爷爷投去鄙夷的目光。搞得那位老爷爷很是难堪。老爷爷想了想，不愿意再跟这个胡搅蛮缠的小男孩纠缠下去，便哭笑不得地再次"破财消灾"。

先前看表演时的美好顿时被这群小家伙要钱的模样打破了，我心里升腾的是一阵阵怒火，真想不到这群年龄不大的"吉普赛人"竟会如此，他们的行为和强行勒索有何分别？！

当这些"吉普赛人"收完钱财,便立刻收拾好表演物具,迅速作脱兔之逃。可怜一位从农村上街赶场的老爷爷仍旧坐在街边一块大石头上,还在嘶声哇气地叫唤:"我也给过了三次钱,你们也该让我好好看一回你们的表演嘛!喂……喂……"

遗憾的是,这位老爷爷只能看见街上散乱的人群和"吉普赛人"扔下的垃圾。

我的思绪一片空白,我错了,原先对他们——街头"吉普赛人"的敬佩和怜悯,都在一瞬间抛至九霄云外。最让我不明白的是,这一切怎么就这样全是谎言?导致这些小屁孩一嘴谎言的原因究竟是什么呢?

木箱子里的"宝贝"

文 / 余果

过年时,我们去爷爷奶奶家玩,发现了一个陈旧的木箱子。爸爸神秘地告诉我们,这里面装的全都是他的"宝贝"。这句话激起了我的好奇心。于是,等他们都出去时,我悄悄地打开了那个大箱子。

嗬!里面装着写满密密麻麻的字的课本,找不到红叉的练习本,写满同学祝福的留言本,一张又一张的证书……突然,一个洗得发白的布袋子进入了我的视线。它是干什么用的?我在心里嘀咕。就在这时,爸爸回来了,他走到打开的木箱子旁。

我像是见到救星似的问他:"这个袋子是干什么用的?""哦!那是一个单肩背书包。"爸爸摸了摸下巴,回味般地说道:"当时,大家的书包都是这样的,一件旧衣服补了又补,实在不能穿了就把它改成个布袋子。"

我感到十分疑惑:"呃?不会吧!爸爸你为什么不在街边领一个袋子呢?那种小广告袋子都比这个好呀?"爸爸似乎被我的话逗笑了:"那时候可没有什么发小广告的呀!"

接着,我的目光又转向了箱子里的一个方形的纸盒子,半开玩笑地说道:"那个该不会是个铅笔盒吧?"没想到爸爸竖起大拇指说:"完全正确!"我小心翼翼地拿起那个纸盒子,仔细观察起来。什么嘛,这就是一个药盒,里面装满了超级短的铅笔头,上面还盖着一个个根本就不配套的小竹管子。爸爸缓缓地说:"当时,能拥有一个铁皮的文具盒,我简直不敢想象……"

通过爸爸的讲述,我便想起了自己和同学们的书包和铅笔盒。我们的书包花样可多了,有的防驼背,有的可以拖拉着走,有的还可以当成毛绒玩具玩……至于铅笔盒,则更别提了,塑料的、金属的、单层的、多层的,彩色的、印花的……我的铅笔盒就有9个。

想当年,做完家庭作业,爸爸把自己的笔小心地放进纸盒子里,现在的我每天则为明天带哪个铅笔盒上学而发愁;上学路上,爸爸背着旧衣服改成的布袋子书包,我则背着防驼背的印花公主书包;课堂里,爸爸紧紧握着一节铅笔头写作业,我却在教室里选这节课用什么样的笔……

随着时间的推移,我们的国家发生了翻天覆地的变化,生活也发生了极大的变化。可是,条件好了,我们难道不应该更加用功地读书,争取为国家做出更大的贡献吗?

请给我一首歌的时间

文 / 苏繁锦

会不会 / 有一天 / 时间真的能倒退 / 退回你的我的回不去的悠悠的岁月。

——五月天《干杯》

记忆有个巨大的闸门，一旦开启，记忆便如潮水一般将我淹没。面前有一扇门，一把钥匙打开一扇门。而钥匙是——侧耳倾听，那些循环播放的歌，无人诉说的迟暮和年少莫名的笑容。伴着轻巧的音乐，给我一首歌的时间，去寻找曾经的故事。

"湖水是你的眼神 / 梦想满天星辰 / 心情是一个传说 / 亘古不变地拥有 / 成长是一扇树叶的门……"

——四个女生《心愿》

这是四个女生毕业之际欲说还休的"骊歌"，也承载了我悠闲自在的小学时光。因为这是六（1）班的班歌。还记得当年全班乖乖坐在音乐教室里，把手背在身后，稚嫩的脸庞，弯弯的眼睛，用尽力气唱着歌的模样，认真、羞涩，也掠过一丝不舍。

因为那时,已快毕业。

那段时间这首歌被唱得频繁,唇齿张合间,不忘看彼此一眼。此时,邻班的音乐课,桌上摊着的是练习册,语文老师在喋喋不休地讲着什么。只有我们,还在午后铺天盖地都是阳光的教室里,唱着这首熟悉的歌谣,有人闭起了眼睛,任阳光在睫毛上蹁跹。两年了,至今已两年了。某日在朋友空间里看到这歌词,忍不住清清嗓子,哼唱起来,久违的旋律倾泻而出。我唱着歌,却似乎嗅到了两年前阳光的味道。胡塞尼在《灿烂千阳》中说:时间,磨钝了那些锐利记忆的边缘。曾经六(1)班不羁的小孩儿们,也在一首歌的时间里,被时光打磨成挺拔的少年。

我知道／就算大雨把这座城市颠倒／我会给你怀抱／受不了／看见你背影来到／写下我／度日如年难耐的离骚。

——苏打绿《小情歌》

耳机里吴青峰细细的嗓音飘浮着,我修长的手指在空气中划动,一圈,又一圈,汇聚成那年暑假游泳池里清冽的水。

毕业季那年的夏天,我们总期待着天天见面。一如《子衿》中所言:一日不见如三月兮。逮着机会,我和老死党凡便到游泳池相会。当然,游泳并不是重点,在浅水区荡漾的水波中,我们不约而同地唱起歌。其实,我们都挺爱音乐的。小学时,我俩爱做的事就是在跑道那条幽静、溢满桂香的铺满鹅卵石的校园小径,随意找一个凳子坐下,然后"一、二、三",开始唱一首又一首美好的歌谣。

在泳池里,我们唱得最多的就是文艺的《小情歌》。

至今听到这首歌,我都会一笑,记忆穿梭回那一年盛夏光年,我们用一首歌的时间过了夏天。

谁家的清笛渐响渐远 / 响过浮生多少年 / 谁家唱断的锦瑟丝弦 / 惊起西风冷楼阙 / 谁峨眉轻敛袖舞流年……

——音频妖怪《浮生未歇》

这首歌"咔嚓"开始了那段回忆。回忆的背景是略带昏暗的黑板报,教室天花板上的白炽灯幽幽发光。我坐在小贱边上,微眯眼,有一句没一句地唱歌。在他眼里,我或许根本是个男生。安静的下午,我约他陪我写生,那条街有一种兀自惆怅的繁华,高大的法国梧桐纷扬落下。我背着画夹,在街边驻足,小贱倚在一棵大树旁,胖胖的很是可爱,他在读一本法国名著。

当时我俩疯狂地喜欢这首古韵十足的歌,明朗、活泼的忧伤之感,像雨后的晴天,白得晃眼,却带着混杂于光明中的黑暗,那惴惴不安的惶惑之感。

如今轻唱这首歌,往日欢快的场景便在脑海中快速播放。呐,请给我一首歌的时间。

请给我一首歌的时间,让我看秒针"滴答、滴答"转动;

请给我一首歌的时间,让我和着乐声,品味生活如泉般的甘甜;

请给我一首歌的时间……一首歌,一段记忆,晦暗或明朗。

从曾经的许嵩到如今的Swift、音频怪物,从曾经的搞笑嘻哈风到现在的小清新或古风,音乐,不经意地见证了我的蜕变。所以,请给我一首歌的时间,让我细数过往流年。

像云一样的女生

文 / 流马

我不羡慕堂吉诃德,他是一个疯子。其实我也是一个疯子,在希冀中迷过路。也抱着一个极大的幻想,也许有一天我就遇上了像云一样的女生。

云是宗教的影子

云是有信仰的,我无数次这样认为。

西方中世纪的城堡里一定飘浮着一片云,它也许是信仰再久远一些的人文主义。应该还是一个狂热的信徒,不论是在晴天少雨的夏季的地中海,还是在西风一年四季控制的海滩都不曾离开。

我们无法去破解这是一种怎样的姿态,如此干净的愿景。

这也许就是我们无法去破解信仰者为何可以狂热的因素。

在蔚蓝的海边,可以带上一种毫无束缚的怀旧心情,去追求自由自在。看着那随遇而安的云,应该说四海为家的云,因为它的心就是一个国家,我们需要用最纯粹的方式去记忆,去感悟那足以打动我们的圣洁。

在观看关于西藏的图片介绍的时候,可以望见高原的夕阳殷红了一片动人的雪海,夕阳旁边的云是那样飘逸,随风舞动,静谧、安详、有些柔情。

我们虽然都是旁观者,赏析却明显不够,或许是我们的领悟还没有达到那种境界。也许有一天我们也是它的信徒,我说的是云的信徒。追随它飘过喜马拉雅山脉,在神秘的青藏高原思考一番。也可以去波斯湾,去读懂云的模样。甚至在泰姬玛哈陵,也可以尽情去领悟一番,云的影子。

尽管有时候我们都知道,这样的影子其实也可以在我们身边。

云是忧伤的果汁

云也有化成酸雨的时候,蛮像一杯没有熟透的果汁,涩涩的,尽管我还没有品味那种忧伤的酸愁。

卢梭说,人生来自由,却又无往不在枷锁之中。当我用杯子倒上一些青涩的水果汁,明白大概就是如此。在杯中被束缚的不仅仅是那些没有完全变甜的味道,还有我们渴求的希望。但是,我们可以清醒知道原来我们被杯子装了这么久。因为不论是什么样的都是我们不可或缺的部分,这才是完整。于是,我下了一个在自己心中的定义:云是忧伤的果汁。哪怕只是在有些时候。

每一次在街头遇上下雨天的时候,会微微感觉其实这是一种甜甜的幸福。从高空坠落的雨,携带着时光的穿梭。它掉落的瞬间,洗过灰尘,浸湿地表。掩盖了青春中一切的伤痛。也许某个人的嘴角在触碰到这雨的时候,有些酸,有些不屑。因为他不懂这雨是被外界束缚了那么久,从它还是云的时候。

不知道村上春树在喝醉,扔掉啤酒盖的时候,会遇上那些拘束了很久的云吗。假如可以,我想写一篇叫作《挪威的云》的故事,因为不论哪里的森林,在它之上都有一段云的故事。太多人在憧憬云的自由的时

候，没有感受它的灵魂中也许有过的孤寂和酸涩。

给我足够的纯净水也许我就会去新疆的大漠，还会去汉代时期的丝绸之路的遗址，那里的云应该也有酸的时候。

我说的不是随便猜的，而是认真想的。

云是快乐的疯子

无所顾虑的时候，带上背包，踏上旅行的路，在路途上酣畅淋漓淋湿一回自己。我的确这样做过。

那时候天空很暗，云就像一个疯子。

我想说我喜欢这样一个没有顾虑的疯子，在雨中跳着一支无与伦比的舞，快乐而疯狂。直到我的衣服完全被淋湿，我还有些不愿离去，但我明白我不是一个歇斯底里的人。最终记忆像马的脚印般离去，很快走了。就像我在雨中醒了时匆匆离去。

琼瑶喜欢刻骨铭心的感觉，我想她一定爱云，或许是她不大擅长民谣的缘故，否则也会唱一首类似《如果云知道》的歌。云从静谧偏僻的郊野到浮华的都市，留下了诸多的痕迹。也许它想说的是，不论哪里它都会做一个简单纯粹的自己。

不要用看莎士比亚的心态去领悟云的样子，它并不戏剧，只是真实，真实得像一个疯子。

哪一天云又开始疯狂的时候，我会去一趟海南，在天涯海角的对面，唱一首《如果云知道》。那时要和它一样的快乐。

有人说罗布泊的环境其实胜过杭州西湖，因为那里的云比西湖的还要纯白。而我看来云是动态的，也许西湖的云曾经到过罗布泊。不管在什么地方看见它，我微微感到某些时候它心中都有疯狂的快乐。虽然我不是每回都会淋雨。

云疯狂的时候喜欢下雨,而我看见云的时候也都很快乐。

云是梦想开花的样子

每一个人都在渴求自己的岁月开出一朵欣慰的花。

其实云长得就像一朵含苞待放的花,也许是在薰衣成海的伊犁河谷,或许是栀子花香遍散的荒郊野外。虽然我不是海子,不能用新诗苏醒时候的言语去表达,但是当我尽心在描述一段我的希望时,发现云的花离我更近了,也许梦想就是用心去寻求的姿态。

云并不是安逸闲适的,它的心中住了一片天,在湛蓝湛蓝的时候。

每一段年纪都有一段不同的故事,精彩与否,不可随意定论。梦想的花在不同时候的浇灌并不是相同的。

有一次我看见有个人在商店的明信片里寻找着什么,他和我说,他在找梦想的寄语。我帮他找到了一张是云的背景的明信片。他笑着离开时,我知道原来不仅仅是我认为云是梦想开花的样子。

我喜欢在有星空的晚上拿起一支笔去记录时间,因为可以看见云霞明亮的夜晚,生活被刻画得更加深刻。梦想在这个时候也会来得更加动人,因为经历中如此便是尽心的生活。

悠悠的黄昏,在阳台被夕落照亮的时候。我拿起一本《山居笔记》,想想哪一天自己的脚步也可以去余秋雨到过的那些地方,只是我的路途,希望云一直在陪同。

随着云起舞,飘着浮世的国度。梦想开花了。

云像是一个女生

云像是一个女生,其实我想说从某一天我就爱上了这样的状态。

在鼓励中成长

文 / 高子淇

成长就像五味瓶，没完没了的酸甜苦辣在一步步地考验着我们。而生活中亲人和朋友的鼓励，则像温暖的阳光，无时无刻不在温暖着我们的心灵，给予我们战胜黑夜的勇气和力量，激励着我们茁壮成长。

上初一的秋天，学校的整个操场都弥漫着野菊花的清香。一个周五的下午，我看到操场南边蓝色的双杠上，有一个和我年龄相仿的女孩，正头朝下、双脚勾在双杠上，像燕子一样荡来荡去。看着女孩轻捷灵活的身子和一气呵成的连贯动作，我羡慕不已，不知不觉走到双杠跟前。

见我走近，女孩停了下来，坐到双杠上对我说："上来呗，咱们一起翻双杠！"

虽然我心里非常想上去，但由于生性胆小，再加上从没翻过双杠，就冲女孩笑笑说："我不敢，我怕摔下来。"

女孩看着我，笑着说："你一定很想学吧。翻双杠其实很简单，你只要把双手撑到杠上，双腿前摆90度，你就能上来。"

听了这话，我有种想试试的冲动，就照着女孩的话做了。果然，我一下子就坐到杠上了。坐到杠上后，我还没来得及高兴，新的恐惧又来了：我怕从杠上掉下来，紧张得一动也不敢动。

看出我的紧张后，女孩说："别害怕，往下仰。别担心，只要你双手抓紧杠了，什么事也没有。有我在，加油！"说着，她把手放在我的肩膀上用力把我往下按。

我吓得尖叫一声，双手下意识地抓紧了双杠，嘴里咕噜着："我的手还没有抓紧呢，你先松开，等我抓好了再……"

女孩并没有松手，反倒一脸坏笑地说："估计让你准备，一年都准备不好。你现在就抓紧！你能做到！"说着轻轻推了我一把。

还没等我反应过来，我整个身子都已悬在半空之中，除了双手还牢牢地抓住双杠。顿时，紧张、害怕、担心、恐惧……一下子全涌上心头，我感觉全身的血都在往头上涌，脸又热又胀，汗流了出来。

这时，女孩早已从双杠上一跃而下，站在我旁边对我喊："你在心里数三、二、一，翻转，旋转！你一定能做到！"然而，我唯恐一不小心整个人"飞"了出去，闭紧双眼，双手用力地抓住双杠，动也不敢动。

女孩见我还是不敢自己荡，就反复对我大声说："开始吧，有我在，你很安全！"女孩的那句"有我在，你很安全"让我感到特别的温暖，也给了我巨大的勇气。

于是，我用力把脚往上蹬，把身子往后仰，将卷曲的腿和臀部向前上方送出。可是，看着颠倒的世界，我还是不敢放手，不敢旋转。

"不许放弃！离成功只有一步了，勇敢一点点就够了，加油，否则前功尽弃！"

终于，我鼓足勇气用两条腿勾牢一根杠，再把整个人放下来倒挂在双杠上，接着又来一个360度大转弯……啊！整个世界都在转圈！

我还没有来得及害怕时，整个人已经稳稳当当地落地了！

"我成功了！"我高兴地跳了起来。女孩也跟着我一起笑了！

女孩的鼓励让我战胜了内心的恐惧，让我经受了一次心灵的成长。为此，我的内心对她充满了感激。

在我的成长过程中，很多人都鼓励过我。这些鼓励的话语，给予我巨大的勇气，让我一次又一次战胜内心的胆怯和恐惧。鼓励就像是一双温暖的手，让遭受挫折的我重新振作起来；鼓励就像人生旅途中的灯塔，指引着我不断克难奋进；鼓励更像是培植自信的雨露，不断浇灌我失意的心灵，让我得以信心倍增地茁壮成长。

隐形的痕迹

文 / 朱旎彤

不要因为它看不见，而说它不存在。

——题记

曾在无数本小说上看见过调皮的猫儿在宣纸上留下梅花状的脚印，主人非但没有生气，反而大笔一挥，在纸上写下千金难得的字。我总能幻想出那幅场景，温文尔雅的书生，调皮捣蛋的花猫，古色古香的屏风，绿意森森的盆栽，那一切都让我很向往。猫儿的脚印更是引起了我的无限遐想，淡淡的墨香，留于脑间。猫儿的脚印伴着名留青史的字永留人间，籍籍无名的猫儿能在天地间留下自己的痕迹，而我呢？

风吹树叶，满地的凄黄尸体，化为春泥，融入土中。谁说它们没有留下痕迹呢？新结的果实，初冒的嫩芽，它们都是曾经的血与泪，没有人能否定它们，即使他们已死去。凭什么说它们没有让每个地球人都知道，而就说它们没有奉献呢？来年春天，当万物复苏，大地又一次的深呼吸，其中就有它们的曾经。

看过几组图片，悬崖峭壁上，一棵孤独的树斜立在悬崖上。老师拿它们大做文章，即将要参加考试的学生挠着脑袋，拼命地罗列一切能想得到的美好品质。环境恶劣，树活了下来，人们便赞扬它，其实它只是在尽自己的本职——活下来。只不过它是在恶劣的环境下生长罢了，也许是辛苦了点，对，也许，辛苦了点。难道只有它在世上留下痕迹，公园里，活在适宜温度、适宜水分、充足阳光下的树就没有任何价值吗？

人也是如此。难道只是因为身旁人才太多，人才们的光环太多，你的光芒就熄灭了吗？我总是在想为什么会有那么多的人对着天大叫：我要在这世界上留下我自己的足迹。如此雄心壮志的呐喊，使得天地都抖上三抖。其实就算你没有干出什么上天入地的事，你也依旧是这个世界的一部分，你也依旧留下过痕迹，就算你干的事不够惊天动地，你的过去依旧在。别忘了，平平淡淡才是真啊！再淡那也是真！

再弱小的生命也有自己生存的权利，也就是说，再卑微的生命都会留下曾经存在过的痕迹。

曾看见过这样一句话：无论选择哪一条路，都会后悔。那还纠结什么？无愧于本心即可。以前不理解为什么，选择任意一条路，都会后悔，权当是人的无可救药。可我现在懂了，人们总在欲望和利益下屈服，希望自己在世界的任何地方、任何角落留下自己的痕迹。每一条路总有些不如意的，也有不满足。可我们这样拼是为了什么，所有事只要无愧于本心，何必要去征服世界呢？

我也曾为了让所有人知道我做了许多努力，总是固执地认为没有让别人知道自己做过的事，那件事就没有存在的意义，也就意味着它没有留下痕迹。因此我对那些做好事不留名的人充满的不是敬佩之意，而是深深的不解。可我忘了我要无愧于本心。

本心到了，意义就有了，痕迹也就存在了。

我们不必为做些不现实的事儿幻想，只要活着，好好地活着，用你自己的方式活，就像枯叶化作春泥更护花，树木克服困难活下来，只要活出自己的精彩就好，一切只求问心无愧。

痕迹，是小船在湖里漂，是树叶躺在泥土上；痕迹，是用自己的心与爱共同建造的，不允许敷衍了事。水滴石穿存在，人用自己的痕迹创造自己的一生又何尝不存在呢？

排座位

文 / 荆卓然

第一排的学生
怕老师的眼珠掉出来
砸伤自己

二排三排的学生
嫌第一排的学生个子太低
挡不住自己和学习无关的秘密

四排五排的学生
眼皮爱打架
身在曹营心在汉
教科书的封面纸质再好
也赛不过他们的脸皮

最后一排的学生
把网络攥在掌心
QQ 像个神经病
天天折磨他们的内心

女生宿舍

文 / 荆卓然

仙女们的闺房
男生们的向往

围墙内的红杏年年芬芳
五颜六色的衣饰
释放着春天的芳香

你不出墙不等于无人拆墙
总有男生跋山涉水的目光
潜入梦乡

床头的小狗熊芳龄飘香
写不完的作业睡在床上
没有绣完的青春
就像她们一闪念的爱情
常常半途而废　忽然爆仓

有男生在楼下张望的时刻

她们个个都是林黛玉的模样
只有在上课铃声响起的前几秒
才撒脚如飞个个赛过刘姥姥的豪爽

手机是她们的胸腔和天堂
所有的心事和朋友都紧攥在手掌

女生宿舍是半公开出版的青春读物
越是偷偷摸摸上市
越能赚取广告商的银两

萧萧竹声

文 / 刘佳昕

> 时光倒流，记忆汇成了长河，缓缓流向远方，将我的思绪带回到了以前，带回到那片萧萧竹声的林子。
>
> ——题记

搬入安置小区后，每天单调的上楼、下楼，真没劲！待在房间里总感觉待在牢笼中一般，让人十分压抑。很多时候，一个人望着窗外发呆，思绪又回到前年。

记得老房子拆迁之前，我家屋后是一大片茂密的竹林。炎热的夏天，这里就是邻居们乘凉的好去处，里面竹枝阴翳，凉风习习，竹声萧萧，好不惬意！一向喜欢安静的我，不论春夏秋冬，这里都是我的好去处。尤其是当我烦恼的时候，当我和父母产生矛盾的时候，我总是跑到这里来，在萧萧竹声中独自徘徊一阵子，让自己沉静。

也许是成长的自然规律吧，进入小学六年级后，渐渐觉得自己已经长大了。一向以文静听话著称的我，也开始了莫名的叛逆，厌烦父母整天在身边的唠叨，厌倦老师在耳边念叨的"紧箍咒"。一改淑女形象，喜欢自恋，爱自由潇洒，爱嬉戏打闹、我行我素、肆无忌惮。在父母眼里我成了"疯子"的代名词，和父母的顶撞、争吵开始多起来。尤其是关于学习成绩的话题，更是势同水火。

记得毕业前的一次模拟考试，我意外地考得很糟，心里忐忑不安。一回到家，迎接我的果然是一顿让人脑袋都快爆裂的臭骂。我心想：有什么大不了的，不就是一次考试吗？我开始顶撞。后来，一气之下，我含着眼泪，头也不回地冲出家门，奔向屋后的竹林。

父母的呼唤声在我的身后渐渐远去，我急匆匆的脚步也渐渐慢了下来。风，从耳边拂过，轻摇竹枝，拂动了竹叶，传来了萧萧的竹声。我的心开始沉静下来，眼光在林中穿行。不时总会有一两片调皮的竹叶，不经意间在风中翩翩起舞，大概是想让风儿载着它欢快地去遨游吧，好一阵子才很不情愿地跌在地上，似乎带着一声极不情愿的叹息。

看着跌落在地的片片竹叶，我想：做一片竹叶也不错！春暖花开的时节，从竹节冒出新芽，慢慢成长为绿叶，以后的日子，竹叶把自己的绿，带给大地，装点世界，自由自在地在风中尽情跳舞、尽情歌唱，唱出生命的赞歌，最后，就算是到了生命的尽头，枯黄的竹叶还能在风中再次秀出自己的优美舞姿，为自己的生命画上完美的句号。

我仔细看着那轻轻飘落的竹叶，萧萧的竹声似乎在对我说：嘿！你是在忧伤吗？擦干你的泪水吧！不要悲伤，不要心急，相信吧！快乐的日子将会来临。要坦然面对生活中的种种不顺！你看，竹叶从翠绿的新芽到满身破败的残叶，有过忧愁吗？不也体现了自身存在的价值吗？

确实，竹叶，从新生到凋零，活出了它的坚强，活出了生命的意义，体现了生命的价值。而我呢？却是如此的脆弱！父母骂几句就受不了了，就选择了逃避，真是没出息！我擦干泪水，望着挺立的翠竹，在萧萧的竹声中轻快地往回走，我知道以后自己该怎么做了。

依靠自己站起来

摘编 / 李开文

在西方的一个国家,有一个经理,他把多年以来的所有积蓄全部投资于一项小型制造业。不幸的是,由于世界大战的爆发,他无法取得他的工厂所需要的原料,只好宣告破产。

金钱的丧失,工厂的倒闭,使他大为沮丧。他认为是他把家人害得没有了这一切,于是他离开妻子儿女,成为一名流浪汉。过去的一幕一幕时常在他的脑海里上演,他对于这些损失无法忘怀,老是徘徊在过去,不肯为今后的日子打算,而且越来越难过。到最后,甚至想要跳湖自杀。

一个偶然的机会,他看到了一本名为《自信心》的书。这本书的内容说的全是关于怎么样能够把人的信心建立起来,在生活、工作上崩溃了以后,如何重新恢复信心。这本书给他带来勇气和希望,他决定找到这本书的作者,请作者帮助他再度站起来。

然而,当他找到这本书的作者后,作者却对他说:"我已经以极大的兴趣听完了你的故事,我非常想帮助你。但事实上,我却没有能力帮助你。"

听了这话,这个人绝望极了。就在他转身准备离去时,作者却又对他说:"虽然我没有办法帮你,但我可以介绍你去见一个人,他可以帮助你重新站起来。"

听到这话，流浪汉立刻激动地跳了起来，抓住作者的手，说道："看在老天爷的分上，请您现在就带我去见这个人。"

作者微微一笑，然后把他带到一面高大的镜子前，用手指着镜子里的人说："我介绍的就是这个人。在这世界上，你只能靠这个人的帮助才能够东山再起。但是你现在必须安静地坐下来，好好地认识他，要彻底弄清楚他的优势和劣势。"

这个人朝镜子跟前走了几步，用手摸摸自己长满胡须的脸孔，对着镜子里的人从头到脚打量了几分钟，然后开始低头哭泣起来。哭了一会儿，这个人什么也没说就走了。

几年之后，这个人拿着一张空白支票找到作者，对作者说："那天我去你的办公室时还是一个流浪汉。你让我从镜子里找回了我的自信。从你办公室出来后，我去理发店理了个发，然后去买了一套西装和一双皮鞋，很快我就找到一份月薪250美元的工作。半年后，我换了份月薪3000美元的工作；一年后，我的月薪达到8000美元……现在我又重新拥有了自己的公司，走上成功之路了。为了报答你让我真正认识了自己，让我找回自信，我今天带来一张空白支票，我已签好字，收款人是你，金额是空白的，由你填上数字。"

在这世界上，只有你自己才能帮助自己东山再起，也只有你自己，才能认识到自己的价值。有了自信，才能充分认识自己，使自己能够承受各种考验、挫折和失败，敢于去争取最后的胜利。

人生需要不断尝试

摘编 / 程露

路是人的脚走成的,为了多辟几条路,必须多向没有人的地方去走。

——契诃夫

曾读过这样一篇短文:

烈日下,一群饥渴的鳄鱼陷身于水源快要断绝的池塘中。塘中的水愈来愈少时,最强壮的鳄鱼开始不断吞噬身边的同类。面对这种情形,有一只小鳄鱼选择离开了池塘,它尝试着去寻找新的生存的绿洲。而那些没有离开,选择暂时苟且地幸存下来的鳄鱼们最终都难逃被吞食的命运。最后,池塘完全干涸了,连那条最强壮的大鳄鱼也耐不住饥渴而死去了。然而,那只选择离开池塘的勇敢小鳄鱼,经过多天艰苦的跋涉,终于找到了一处水草丰美的绿洲,最后存活了下来。

很多时候,人生就像水源快要断绝的池塘,处处充满危机。当一个人害怕失败时,他就不敢尝试,不敢有所行动。这样一来,他就永远不能给自己制造改变命运的机会了。任何一个有成就的人,都有勇于尝试的经历。尝试也是探索,没有探索就没有创新,没有创新就不会有成就。每一次大胆的尝试都会带给我们全新的感觉,都会让我们有一种意外的收获和喜悦。

不尝试也许能够免于挫折，但也意味着失去了学习和体验生活的机会。一个把自己限于故步自封中的人，无异于丧失了生存的自由，无异于生活的奴隶。生活中的许多"不可能"无时无刻不在侵蚀着我们的意志和理想，如果我们不敢尝试，许多本来能被我们把握的机遇也便在这"不可能"中悄然逝去。其实，只要我们能拿出勇气主动出击，那些"不可能"就会变成"可能"。很多时候，我们缺乏的不是才能和机遇，而是缺乏那种大胆尝试的勇气。

人生犹如一座遥远的灯塔。不敢在黑暗中尝试航行的人，就会在人生的道路上迷失航向，永远也不会到达成功的光明彼岸。

人生需要尝试。没有人会一辈子都生活在幸福快乐的环境下。人总会遇到挫折与失败。困难就像弹簧一样，你弱它就强。只有勇于面对它，敢于征服它，人生的步子才会迈得潇洒和快乐。只有勇于尝试的人，才能真正拥有生活，才能真正享有生活的自由。

　　尝试，是生命色彩的调配剂，对不同事物不同的尝试，会让你得到许多不同的生命的体验。那些或是酸甜，或是痛苦的滋味，会让你生命之水不再平淡。尝试会让你的生活充满无限多的色彩，无限多的可能性。

　　尝试需要勇气。一个没有勇气尝试的人就永远不会知道自己有什么能力，永远不会尝试自己想做的事，也永远做不成想做的事。曾经有人说过：蕴藏于人身上的潜力是无尽的，你能胜任什么事情，别人无法知晓，若不自己动手试试，你对自己的这种能力就永远蒙昧不查。只有尝试了，你才能真正懂得它对你意味着什么，敢于尝试是开启成功大门的钥匙，往往好运就在尝试之中。

　　人的成长有时是逆流，有时是顺风。没有人会知道明天面对的是失败还是成功。只有坚韧地持有一种尝试精神，明天的路才会走得远，走得宽。

　　尝试是一种积极的人生。懂得尝试的人会觉得生活每天都充满着新奇与挑战。尝试是人生净化的美德，只有那些能在尝试中品味人生的才会明白人生的真实和意义。

　　梅花香自苦寒来，宝剑锋从磨砺出。尝试，往往需要付出常人难以想象的艰辛，但也常常能创造出骄人的成绩。如果不去尝试，我们永远不会知道自己能做什么；如果不去拼搏，我们什么也做不成。只有在不断的尝试与拼搏中，我们才会变得更自信、更坚强、更完美！

低头做人

摘编 / 安子

在西安秦始皇陵兵马俑博物馆，有一尊被称为"镇馆之宝"的跪射俑。这尊跪射俑左腿蹲曲，右膝跪地，右足竖起，足尖抵地。上身微左倾。两手在身体右侧一上一下做持弓弩状。据介绍，跪射的姿态古称之为坐姿，是弓弩射击的两种基本动作之一。坐姿射击时重心稳，用力省，便于瞄准，同时目标小，是防守或设伏时比较理想的一种射击姿势。秦兵马俑坑至今已经出土清理各种陶俑1000多尊，除跪射俑外，皆有不同程度的损坏，皆需要人工修复。而这尊跪射俑是保存最完整的，唯一一尊未经人工修复的陶俑。这尊跪射俑之所以能保存得如此完整，得益于它的低姿态。兵马俑坑是地下通道式土木结构建筑，一旦棚顶塌陷、土木俱下时，高大的立姿俑自然首当其冲，而这个低姿的跪射俑由于重心在下，增强了稳定性，不容易倾倒、破碎。因此，在经历了两千多年的岁月风雷后，它依然能完整地呈现在我们面前。

一个人，要想自己能安安稳稳地立足于世，难道不应该学跪射俑那样把自己的重心放低些吗？在古希腊，有人问哲学家苏格拉底："你是天底下最聪明的人，那么，你知道天与地之间的距离有多远吗？"苏格拉底回答道："三尺！"提问者一脸不解地说："三尺？这世界上除了婴儿以外，几乎所有的人都比三尺高。如果天地之间只有三尺的话，那岂不是每个人都会捅破天庭了吗？"苏格拉底淡淡地说："是的，所以凡是高度越过三尺的人，都要学会低头！"

"低头"不是妥协，而是一种理智的包容与忍让。"低头"的人，知道自身之微小，因而能够敬畏大自然，能够敬畏人世间一切永恒和博大，他们相信付出终有回报，从不讨巧、不张狂，他们依附的是自己老实的劳动，他们生活得清心、恬淡、从容。他们就像大海一样，永远把自己放在低处，但却从没有人敢否定他们的深奥。

在现实生活中，那些堪称"巨匠""国宝"的饱学之士，无不表示出虚怀若谷的品德。比如，被誉为"国学巨匠"、学界泰斗、"国宝"的知名学者、北大教授季羡林先生公然撰文，声称"我自己被戴上这一项项桂冠，浑身起鸡皮疙瘩。我一生做教书匠，爬格子，在人文社会科学的研讨中，说我做出了极大的成就，那不是事实！""请从我头顶上把一顶顶桂冠摘下来。三项桂冠一摘，还我一个自由自在身。身上的泡沫洗掉了，露出了真面目，皆大欢乐。"家喻户晓的"科技元勋"钱学森先生是我国航天事业的奠基人，然而，他却谢绝上任何名人录。当中心领导看他，高度评价他的突出贡献并号令全国所有科技工作者向他学习时，他却连连摆手说："向我学习，不敢当！"他们居功不自负的品德，让我们读懂了一个高等知识分子"低头"做人的风范和境界。

"低头"做人，不是碌碌无为，而是懂得什么该为什么不该为的准则，"低头"做人不是消极怠慢，而是懂得什么该争什么不该争的内涵；"低头"不是没有胸怀抱负，而是理解凡事适可而止；"低头"不是不求上进，而是深谙"高处不胜寒"的道理。

美国著名政治家富兰克林年轻的时候，有一次去拜访一位老前辈。这位老前辈约他在一座低矮的小茅屋中见面。

富兰克林大步流星进门时，"砰"的一声，额头重重地撞在门框上，顿时肿了起来，疼得他哭笑不得。老前辈看到他这副样子，笑了笑说："很疼吧？你知道吗？这是你今天最大的收获。一个人要想洞察世事，平安地活在这个世上，就必须时刻低头。"

富兰克林把这次拜访当成一次悟道，他牢牢记住了老前辈的教导，把"低头"列为他一生的生活准则。

是呀，要想进入一扇门，就必须让自己的头比门框更矮；要想登上成功的顶峰，就必须低下头弯腰做好攀登的准备。同样道理，要想有所成就就要时时刻刻地低头，因为只有低下头，才会发现有那么多值得你拾取的东西。

年轻人最容易犯的通病就是心高气盛，眼睛总是喜欢向上看，根本不把周围的一切放在眼里，直到有一天，被眼前的门框撞了头，才知道自己的头昂得太高了。

一支高昂的曲子，它的过门常常是低调的，这在音乐上叫作"软起首"。如果一开始就把调门定得老高，那么后面的旋律就无法进行，再美的歌也唱不出来。低头就是我们做人的"软起首"。

低头做人，虽然表面不动声色，但内心未必没有对策；低头做人，是一种人生的智慧，是成就面前的韬光养晦。低调做人，说到底是一种处世的态度，是做人的品德。古人曰："谦谦君子，卑以自牧也"，"温温恭人，维德之基"。低调谦和，是个人成长的"加速器"，是不断前进的"稳压阀"，是获得知识博得信赖的"唆使灯"，是"立德、立功、立言"的必由路。

民间有句非常贴切的谚语："低头的是稻穗，昂头的是稗子。"越成熟越饱满的稻穗，头垂得越低。只有那些稗子，才会显摆招摇，始终把头抬得老高。所以，为人处世之首要，就是要学会抬头看路，低头做人。

知足常乐

摘编 / 昌盛之

曾经有这样一个故事：

几个人在岸边垂钓，看见一名垂钓者竿子一扬，钓上来一条大鱼，这条鱼足有一尺多长，落在岸上后，仍腾跳不止。只见钓者用脚踩着大鱼，解下鱼嘴内的钓钩后，顺手便将鱼丢进海里。

围观的人发出一片惊呼，这么大的鱼还不能令他满意，可见垂钓者雄心之大。

就在众人屏息以待之际，钓者鱼竿又是一扬，这次钓上的还是一条一尺长的鱼，钓者仍是不看一眼，顺手扔进海里。

第三次，钓者的钓竿再次扬起时，钓线末端钩着的是一条不过几寸长的小鱼。众人以为这条鱼也肯定会被放回，不料钓者却将鱼解下，小心地放回自己的鱼篓中。

众人百思不得其解，就问钓者："为何舍大而取小？"

钓者回答说："因为我家里最大的盘子只有一尺长，太大的鱼钓回去后，家里的盘子装不下。"

听到此言，众人皆为钓者"知足"的心境默然沉思。

在当今社会，钓鱼者的这种知足常乐的思想境界可真不多见！"知足常乐"，语出《老子》，原话是："祸莫大于不知足，咎莫大于欲得，故知足常乐矣。"后来就演化成"知足常乐"。这其中包含着辩证的观念，就是一个人如果在生活上要求太多太高，漫无止境，那他的生活就没有什么乐趣了。

如今的社会正朝着多元化的方向发展，差别悬殊，造成了很多人心理失衡，已经很少有人能像钓者那样，"屋不在华堂，安住便为好；妻不在容貌，贤德便为好；衣不在华丽，温暖便为好；食不在珍馐，腹饱便为好。"

说到底，人是个贪心的动物，总是不满足于当下拥有，总在向往着更远的、更好的！明明只需10袋米，却在为20袋米烦恼着，为30袋米痛苦着，为40袋米铤而走险，为50袋米走向刑场……

追求并没有错，只是在匆匆的人生中，不要让那颗贪婪的心吞噬了你所拥有的快乐！而是要知足常乐！许多人都以为，一旦他们达到了自己所设定的某个特定目标，他们就会开心、快乐。然而事实往往是，当他们到达目标时，还是不知足、不满意，而且他们很快又会有新的目标——新的幻想和憧憬。由于总是疲于追逐一个又一个的目标，他们从未真正欣赏、珍惜自己已经拥有的一切。

庄子说，把财富当成是最好东西的人，不会把财富让给别人；认为名誉是最好东西的人，不会把名誉让给别人；迷恋权势的人，不可能把权力交给别人。这些人一旦获取了财富、名声和权势便唯恐丧失而整日战战兢兢，而这些东西一旦失去他们就会感到悲苦不堪。这些人心中全无一点见识，眼睛只盯住自己无休止追逐的东西，这样的人就像咬我们鱼钩上的鱼饵而被我们钓上来吃掉的鱼一样，迟早有一天，他们会被自己的欲望毁掉。

贪婪是一种顽疾，人们极易成为它的奴隶，会变得越来越贪婪。人因贪婪而常常会犯傻，什么蠢事都干得出来。所以任何时候都要有自己的主见和辨别是非的能力，不要被假现象所迷惑。

要知道，真正的富足不是来自财富的积聚，而是来自对所拥有的一切的珍视。而我们由于受种种欲望支配，总是试图用身外之物来填补内心的空缺，就像玩拼图游戏一样，我们不能把本来不属于那个地方的东西硬塞进去。任何身外之物、情感、关爱和关注都无法填补内心的空虚。我们拥有的已经足够，因此我们应该满足于内心世界的丰富与充实。

知足是一种境界，是一种对洞悉世事以后的正确取舍自我行为的智慧表现。知足，能使人心态平衡、安详、达观、超脱、常乐，心情舒畅，身体健康。知足则常乐，常乐则无忧，无忧则心不烦，心不烦则神不扰，神不扰则精神保，这也是养生之道。所以不少有识之士认为："官大官小，没完没了；钱多钱少，够用就好；健康身体，无价之宝；知足常乐，憾事全了。"有欲望就不容易产生满足感和幸福感，无怨、无悔、无忧、无虑，自得其乐，才有益于身心健康。

知足常乐，知足是福，乃千古箴言也。所以，处在任何环境我们都应安然自得，感到满足。

找准自己的定位

摘编 / 王福明

曾看过这么一个寓言故事：

在炎热的太阳底下，一个园丁正挥汗如雨地整理着公园里如茵的草坪，那些刚在草坪里长出来的小树苗们纷纷抗议："地球上，我们的作用非常重要。有了我们，就不会有水土流失；有了我们，沙漠也能变成绿洲；有了我们，才会有广阔的大森林……"树苗们十分委屈，要求园丁立即停止拔除它们的行为。

园丁听了树苗的抗议后说："这里没有水土流失，也不是沙漠、森林，这里是公园里的草坪！"园丁边说边继续他的劳作，直到把草坪里的树苗全部拔掉。

草坪里的这些树苗之所以会被园丁拔除，不是因为它们不能发挥作用，而是因为它们没有找准自己的定位：草坪里没有设置树苗的岗位，而树苗们却长在草坪里！由此可见，如果是准备长成参天大树的树苗，就应先找准适宜自己生长的定位并为之不懈努力。

同理，一个人的成功，并不取决于你一开始时有多好的条件，而是取决于你是否找到了一个适合自己的定位，是否弄清楚什么是自己的优势，什么是自己能够实现的目标。因为只有那些正确认识自己的人，才能在正确的位置上做正确的事，才能趋强避弱，在人生的道路上越走越顺。

上天在造人时不会把两个人造成完全一样的人，由此决定了每一个人的禀赋都是独特的，这也决定了能使每个人的禀赋和价值得到最佳实现的那个位置也必然是独特的。可以说，每一个人降生到这个世界，都有一个最适合他的位置。这个位置就仿佛是在他降生时为他准备的，只等他有一天来认领。

赵本山还是一个农民时，有人说他重活干不了，轻活不愿干，光会耍嘴皮子。但他硬是把嘴皮子耍成一门功夫，成了小品明星。篮球飞人乔丹成名前到一家二流职业棒球队打棒球，成绩一般，只好悻悻而归。可见，一个人要成功，必须找准个人特长与职业的最佳结合点。

台湾著名漫画家朱德庸25岁红透宝岛，《双响炮》《涩女郎》《醋溜族》等作品在台湾深受喜爱；在内地，他的漫画也非常畅销。可小时候的他却是一个问题孩子，那时他认为自己非常笨。他曾这样说："我从小是一个非常糟糕的学生，在我求学的十多年里，常被从一个学校踢到另一个学校，所有人都认为我将是一个非常失败的人，只有画画使我快乐。"

有一天，他发现自己对图形很敏感后，他便给自己做了一个人生定位——以绘画作为自己努力的方向。从此以后，他天天画，不但在家里画，在学校时也画，书和作业本上的空白地方全都画得满满的。终于有一天，媒体发现了他，为他开设了漫画专栏。最终，他成为一位优秀的漫画家。

世界上没有全能奇才，每个人只能在一两个方面取得成功。在这个物竞天择的年代，只能聚集全身的能量，朝着最适合自己的方向，专注地投入，才能成就一个优秀的自己。所以，人生的幸福和成功与否，完全取决于有没有找准自己的位置。

激发你的无限潜能

摘编 / 沈玉

在人的一生中，无论何种情形，你都要不惜一切代价，步入一种可以激发你潜能的气氛中，可以促使你迈上成功之路的环境里。

——卡内基

曾在网上看到过这样一个有趣的故事：有一个人死后升上天堂，圣彼得在天堂的门口迎接他，并带他到处参观。走到天堂的车房，那人看见停泊着的车辆中，有很多架日本制造的小房车，只有寥寥可数的几架劳斯莱斯大房车。这位天堂最新的公民有点奇怪：为什么有那么多架日本制造的小房车，却只有少数几辆屈指可数的名贵汽车？于是他要求圣彼得解释一下。圣彼得摊开双手无可奈何地说："我们也没有办法，下面的人祈祷的时候，绝大多数要求天主赐给他们日本房车，只有很少数的人要求拥有劳斯莱斯，所以就有现在这种奇怪的现象存在了。"

这个故事的寓意是什么呢？它是说大部分人都小觑自己的能力，自限自身的发展，有小小的成就便以为自己已经到达巅峰状态，于是不肯再冒险，坚决不再向上爬，结果白白浪费了自己的潜能，错过无数向前推进的机会。

我们大多数人在做事情时，一遇到难以解决的困难，便开始放弃，完全忘记了自己身上还有一件宝贵的东西——潜能。潜能是沉睡在我们身上的巨大能量，一旦唤醒它，它会让高山低头，让大河让路。所以，不管人生道路上遇到什么样的挫折和困苦，都不要轻言放弃。

每个人身上都有巨大的潜能有待激发！科学家发现，人类贮存在脑内的能量大得惊人，而人们平常只发挥了极小的大脑功能。一个人要是能够发挥大半的大脑功能的话，一点也不夸张地说，这个人可以轻易地学会40种语言、背诵整本百科全书、拿12个博士学位。由此可见，每个人身上都有一座"潜能金矿"等待被挖掘。

有人做过研究：就算是爱因斯坦、牛顿这样的成功人士，也仅仅开发了他们大脑潜能的1/10而已。大多数人的大脑潜能均被白白浪费了，因为很多人都在自我怀疑和自卑心理中束缚了自己潜能的发挥，他们不相信自己可以像别人一样做出成功的事情，实际上他们的聪明才智和伟人相差无几。

在我国，激发潜能还是一个较陌生的概念，而在国外已有了一套系统的理论体系。在日本，被称为"魔鬼潜能"的潜能训练，从"二战"之后就开始了。韩国也早开始了这方面的训练，韩国足球队之所以能笑傲亚洲，这与他们高强度的"地狱潜能训练"不无关系。

曾看过这样一个故事：一位被医生确定为残疾的美国人，名叫思第文，靠轮椅代步已20年。思第文身体原本很健康，他赴越南打仗时，不幸被流弹打伤了背部的下半截，被送回美国治疗，经过治疗他虽然康复，却没法行走了。从他坐轮椅那天开始，他觉得此生已经完结，为此经常借酒消愁。

有一天，他从酒馆出来坐轮椅回家，路上碰到三个劫匪动手抢他的钱包。他拼命呐喊、拼命反抗触怒了劫匪，劫匪竟然放火燃烧他的轮椅。看到轮椅突然着火的思第文，一时竟然忘记了自己的双腿不能行走，马上站起来拼命逃走，求生的欲望竟使他一口气跑了一条街。事后，思第文说：如果当时我不逃走，就必然被烧伤，甚至被烧死。我忘了一切，一跃而起，拼命逃走，以致跑了一条街后，才发现自己原来会走动。

现在，思第文身体健康已与正常人无异，而且已经在纽约找到一份非常好的工作。

人，包括其他动物，在生命危难的瞬间，都能释放出自我挽救的巨大能量。美国科学家做的"青蛙实验"几乎人人皆知：在锅底慢慢地用温火加热，青蛙优哉游哉地在水里漂游，等到水热得不能承受时，却再也跳不出来了；相反，将一只青蛙猛掷入滚开的沸水中，它却能倏忽跃起而逃生。

拿破仑曾说："'不可能'这个词，只有在愚人的字典中才能找到。"一份研究报告显示，占人类3%的最杰出人士与占同样比例的最潦倒人士，在能力和天赋上并无显著差异，区别只在于他们有无成功的坚定信念及对成功潜能的正确开发。

人们经常自评，经常自量："我有能力吗？我能成功吗？"其实，只要你很自信，你就会意气风发。反之，如果你很自卑，你就会畏缩逃避。而潜能能否激发出来，则要看主体的人格状态。所以，面对困境时我们应肯定自己，成功并不是某些人的专利，这是激发潜能的动力。我们要经常给予自己积极的暗示，以增强自己的信心和勇气。

潜能的挖掘不能单纯仰仗外在力量的逼迫，而应发挥自身的主动性、积极性和独立性，应保持积极的心态，运用自身的力量达到目标。潜能开发应从小事上练习："现在就去做"，这样很快便会养成一种强而有力的习惯，在紧要关头或有机会时便会激发出潜力。

每个人身上都有着一个巨大的宝藏，那里面本身就蕴藏着无坚不摧的能量和威力。开发潜能需要你自己的努力，当你把自己置于悬崖的边缘而无时不有一种切肤的危机感的时候，你就会拿到开启宝藏的金钥匙，这样你就会不断地发掘、了解、利用自己的潜能，将自己的成就推上一个又一个的高峰。

希望在前

摘编 / 陈力丝

> 精神和信念的力量是无穷的，只要心中没有绝望，死神也会望而却步。
>
> ——题记

曾看到过这样一个小故事：有个人不小心掉到水流湍急的河里，为了活命，他拼命地在水中乱抓，希望能抓住什么东西来救自己一命。但是，他手里能抓到的除了水之外，连根水草都捞不着！

这时他绝望极了，心想："这下完了，死定了！"为此，他不再挣扎，任凭身体随着水流向河底沉去。然而，求生的本能让他还想为自己做点什么。这时，他忽然想起在不远处的河岸边有一棵树，那棵树的一部分树枝一直伸到河水里面，他完全可以抓住那棵树的树枝再回到岸上……

于是，希望之火在他心中重新燃起，他使出浑身力气挣扎到那棵树的旁边。等他好不容易抓住那些伸到河里的树枝时，却发现这些树枝早已枯死了，他刚一拽住树枝，就听到"咔嚓"一声，树枝折了……

就在这时，有位路过此地的樵夫看到落水的他，马上递过来一根长长的木棍将他从河中救了上来。

还有一则类似的故事：一位独行者在大漠中迷失了方向，最后他身上只剩下一个梨。于是，他惊喜地喊道："太好了，我还有一个梨，它能救我的命！"

他望着茫茫无际大沙漠，把这个梨紧紧地握在手中，继续在大漠里行走。很多次他对自己说："吃一口吧！口渴得实在难受。"可是转念一想："还是留到最干渴的时候再吃吧！"

就这样，他顶着炎炎烈日，继续艰难地跋涉，坚持了一天又一天，最后终于走出了大漠。这时，他凝视自己手中的梨时，发现它早已经干瘪得没一点水分了。但就是这样一个已经干瘪的梨，却给了他无穷的希望、信心、勇气和力量，使他能够无所畏惧地坚持着走下去……

我们每个人都是跋涉者，每个人都有自己的理想和愿望，也正因为我们心中对生活有无限美好的憧憬和期待，才使得我们能够一路前行。然而，由于各种主观和客观的原因，并非每个人都能达到目标和实现誓愿。但只要沿着正确的路一直走下去，相信成功就会在不远处等着我们。

生活对每个人来说，都不可能永远一帆风顺，都会有挫折，有坎坷，有风雨。在面对人生的挫折和风雨时，只要我们能够为自己燃起一盏点亮前程的灯，抱定一个不灭的希望。那么再大的风雨、再大的挫折、再大的困难，又能奈我们何？世界上最坚强的莫过于人的意志，它可以战胜任何一个困难、登上任何一座高峰，我们所能做的只需要沿着正确的道路一直走下去，就一定能够领略到别样的人生风景。

其实，所谓的成功不就是在不断的努力和追求中所得到的一种自我期待吗？它既是一种偶然，但同时也是一种必然。只要我们时刻拥有必胜的信念和战胜一切困难的信心和勇气，整装上路，蓄势而发，要向前走！能走多远走多远。那么，偶然的成功就一定会在不经意的某个瞬间带给我们意外的惊喜和收获。

正如汪国真的一首小诗《热爱生命》所写的那样："我不去想是否能够成功，既然选择了远方，便只顾风雨兼程；我不去想能否赢得爱情，既然钟情于玫瑰，就勇敢地吐露真诚；我不去想身后会不会袭来寒风冷雨，既然目标是地平线，留给世界的只能是背影；我不去想未来是平坦还是泥泞，只要热爱生命，一切，都在意料之中！"

耐心等待最好的时机

摘编 / 博爱

> 最有希望的成功者,并不是才干出众的,而是那些最善于利用每一个时机去发掘开拓的人。
>
> ——苏格拉底

一位旅行者乘船去旅行,他在甲板上看到一名船员正沿着绳子往船顶上面的乌鸦巢爬去。当这名船员爬到一半的时候,船突然倾向一边,这名船员被甩到海里。落水后,这名船员开始一边尖叫着呼救,一边疯狂地用力拍打着胳膊,拼命想求生。

这时,旅行者看到另一名船员走到船舷边上,平静地观察着在水里拼命挣扎的船员,并不采取任何施救措施。等落水的船员挣扎好大一会儿,开始往下沉时,那名一直站在船舷边上观察的船员则立即跳下水去救刚才落水的船员。最后,两名船员都平安地回到船上。

事后,旅行者问那名施救的船员:"你为什么不在他刚落水时就下去救他,而要等他快沉水底时才跳下去救他?"

这名船员平静地回答:"做了多年的水手,我早就发现,当落水的人在水中拼命挣扎的时候,这时候如果跳入水中去救他,那么,他会把我们两人都拖入水中溺死。只有让他挣扎一会儿,让他把自己的力气全部消耗完再去施救,我才能把他救起来。应该说,这个时候是跳水救人的最佳时机。"

耐心等待最佳时机的出现，并把握住好时机，不仅能让成功的可能性增大，而且也会事半功倍。然而，生活中，我们经常会在应该等待的时候匆忙地行动，或者在应该行动的时候却在那儿等待，最后错失良机。为此，我们付出了很多努力，却留下了很多的遗憾。

于是，便经常听到这样的口头禅："不是我不努力，是我一直没有机会。""不是我不行动，而是机会不好。"……

他们总是为自己的失败找借口，而那些头脑清醒的人则绝不会找这样的借口。头脑清醒的人总是善于寻找机会，并善于抓住哪怕是一个微小的机会，从而让自己登上成功的舞台。所以，把握机遇还是坐失良机，会造就不同的人生命运。

其实，正如上面故事中的那位船员所做的那样，为把握住最好的时机，最好的方法就是等待。

记得曾在《动物世界》中看到过一幕关于南美洲蟒蛇的惊心动魄的影片。这种蟒蛇的身体因为太大，导致它的行动速度不是很快。它唯一的捕食办法只能是埋伏在丛林中间，等动物经过。有时，一天两天，甚至是一个星期都没有一个动物从它埋伏的丛林里经过。即便如此，它依然一动不动地潜伏在丛林里。因为它知道，只要在那儿等待，就一定会有动物从此经过。最后，终于有动物出现了，于是，它便一跃而起，一口把动物咬住。

这个场面给人留下的印象非常深刻。任何一个人对自己的机会，对自己的未来，都需要等待，而等待一定要有方法。但是等机会到来的时候，又要十分敏捷地去捕捉。从表面上看，大蟒蛇在那儿一动不动，完全是被动的，但实际上它每时每刻都很警觉，即使睡觉的时候都在用耳朵听着，在用身体感受着周围有没有动物走过。所以蟒蛇比任何动物都更加清楚等待的重要性。

猎豹是世界上跑得最快的动物，但是它一定要在草丛里等羚羊靠近自己的时候才一跃而起，追上羚羊。因为尽管猎豹是世界上跑得最快的动物，时速能达到100千米，但是它最多只能跑10分钟，如果10分钟之内追不上羚羊，它就只能放弃。所以它不得不埋伏在草丛中间等待最佳的机会。

在人生的旅途中，最好的时机往往也需要用最大的耐心去等待。生活中的任何一次失败和痛苦都可能是你遇到的最好时机，都能教给你真正的智慧。关键在于你怎么看待失败和痛苦。有的人失败以后就一蹶不振，有的人失败以后却变得更加强大，原因就是不同的人看待事情的角度都不一样。所以，不管是快乐的事情还是痛苦的事情，都是我们生活中珍贵的礼物，都需要我们用心去珍惜，并用积极的心态去对待。因为这些都是我们在等待时机和追求成功过程中必然要经历的。

把握最佳时机是成功的关键所在。大多数人都不懂全力以赴地把握时机，以致造成终生追悔莫及的遗憾。说起来，耐心等待最佳时机的出现似乎是一种天赋的特别直觉，但它和经验一样，要经过一系列磨炼。在做事情前，善于识别时机，抓住时机，是一种莫大的智慧，也是迈向成功之途不可缺少的要素。

自信是生命中永恒的活水

摘编 / 闻三

著名的布鲁金斯学会的网页上有这么一句格言：不是因为有些事情难以做到，我们才失去自信；而是因为我们失去了自信，有些事情才显得难以做到。

2001年5月20日，美国一位名叫乔治·赫伯特的推销员，成功地把一把斧子推销给了小布什总统。布鲁金斯学会得知这一消息，把刻有"最伟大推销员"的一只金靴子赠予了他。

这是自1975年以来，该学会的一名学员成功地把一台微型录音机卖给尼克松后，又一学员登上如此高的门槛。布鲁金斯学会创建于1927年，以培养世界上最杰出的推销员著称于世。它有一个传统，在每期学员毕业时，设计一道最能体现推销员能力的实习题，让学生去完成。

小布什上任后，布鲁金斯学会设计的这道实习题是：请把一把斧子推销给小布什总统。

许多学员看到这个题目后知难而退，个别学员甚至认为，现在的总统什么都不缺少，再说即使缺少，也用不着他们亲自购买；再退一步说，即使他们亲自购买，也不一定正赶上你去推销的时候。

然而，乔治·赫伯特却做到了，并且没有花多少工夫。一位记者在采访他的时候，他是这样说的："我认为，把一把斧子推销给小布什总统是完全可能的，因为布什总统在得克萨斯州有一农场，里面长着许多树。于是我给他写了一封信，说：有一次，我有幸参观您的农场，发现里面长着许多矢菊树，有些已经死掉，木质已变得松软。我想，您一定需要一把小斧头，但是从您现在的体质来看，这种小斧头显然太轻，因此您仍然需要一把不甚锋利的老斧头。现在我这儿正好有一把这样的斧头，它是我祖父留给我的，很适合砍伐枯树。假若您有兴趣的话，请按这封信所留的信箱，给予回复……最后他就给我汇来了 15 美元。"

乔治·赫伯特成功后，布鲁金斯学会在表彰他的时候说，金靴子奖已空置了 26 年，26 年间，布鲁金斯学会培养了数以万计的百万富翁，这只金靴子之所以没有授予他们，是因为该学会一直想寻找这么一个人，这个人不因有人说某一目标不能实现而放弃，不因某件事情难以办到而失去自信。

能够成就大事业的人，永远是那些相信自己的人，是那些敢于想人之所不敢想，为人之所不敢为的人，是那些不怕孤立、勇敢而有创造力的人。

在 300 多年前，英国的建筑设计师克里斯托·莱伊恩受命设计英国温泽市的市政大厅。他极其巧妙地设计了只用一根柱子来支撑整个大厅的天花板。经过一年多的施工后，市政府的权威人士在进行工程验收时，提出一根柱子支撑天花板太危险，要求莱伊恩再多加几根柱子。莱伊恩相信自己的设计足以保障大厅的安全，于是据理力争。他的"固执己见"惹怒了市政府的官员，险些被送上法庭。在进退维谷之际，他做出了一个决定：在大厅里增加了 4 根柱子。不过这 4 根柱子并没有与天花板真正接触，一般人从外观上根本无法看出这 4 根柱子只是摆设。

就这样，300 多年过去了，没有人发现过这个秘密。直到几年前市政府修缮大厅时，人们在修理的过程中才惊奇地发现：支撑大厅的，仅仅只是中间的那根柱子，其余 4 根柱子仅仅是摆设而已。

后来，人们在这位设计师仅有的数据中看到这样一句话："我很自信，至少100年后，当你们看到这根柱子时，只能哑口无言，甚至瞠目结舌，我要说明的是，你们看到的不是什么奇迹，而是我对自信的一点坚持……"

　　人一旦有了坚定的自信心，就会爆发出巨大的力量。试想一下，如果乔治·赫伯特没有自信，怎么可能把斧头卖给小布什？如果莱伊恩没有自信，英国温泽市的市政大厅就不会幸存好几百年。成功学的创始人拿破仑说过："自信是人类运用和驾驭宇宙无穷大智的唯一管道，是所有奇迹的根基，是所有科学法则无法分析的玄妙神奇的发源地。"

　　西方有句名言："这个世界是由自信创造出来的。"没错，力量是成功之根本，自信是力量之源泉。自信是人生的一盏明灯，能照耀我们走向成熟的人生。

　　作家海伦·凯勒也说过类似的话："自信是命运的主宰。"所以，虽然她从小双目失明，但她却成为一个成功且令人景仰而怀念的伟大文学家。

　　一个人的生命是唯一的，也是庄严的。李白在《将进酒》中写道："天生我材必有用。"即是说，我们生临人世间，必定是人世间需要我们发挥出自己有益的作用。所以，当生命轨迹固执地向前延伸时，请在自己人生的道路上挖掘自信，它将成为我们无法摧毁的信念，成为我们茁壮成长的土壤，成为我们生命中一股永恒的活水。它将扩展我们的心理界线，毁掉我们的限制，让我们无所不能！

学会选择，懂得放弃

摘编 / 夏桑

> 让我们痛苦的往往不是问题本身带来的，而是我们对这些问题的看法产生的。
>
> ——佚名

人生的起点是无可选择的，而起点和终点之间却充满了无数个可以选择的机会。人的命运都是自己选择的结果，睿智的选择让人生多姿多彩，明智的放弃为人生添彩。选择是掌控命运的人生方略，放弃是得失转化的睿智变通。

曾看到过这样一个故事：夏天的傍晚，有一美丽的少妇投河自尽，被正在河中划船的白胡子艄公救起。艄公问："你年轻轻，为何寻短见？""我结婚才两年，丈夫就遗弃了我，接着孩子又病死了。您说我活着还有什么乐趣？"艄公听了沉吟有顷，说："两年前，你是怎样过日子的？"少妇说："那时我自由自在，无忧无虑呀……""那时你有丈夫和孩子吗？""没有。""那么你不过是被命运之船送回到两年前去了。现在你又自由自在、无忧无虑了。请上岸去吧……"

听了这话，少妇恍如做了一个梦，她揉了揉眼睛，想了想，便离岸走了。从此，她再没有寻过短见。少妇之所以能回心转意，是因为她在从另一个角度看自己，她看到一种生的曙光，感受到自由自在的力度。

很多时候，我们所有的苦难与烦恼，都是依靠自己过去生活中所得到的"经验"做出的错误判断，而这些"经验"很多时候只会让我们钻牛角尖。所以，当人生的理想和追求不能实现时，不妨换个角度来看待人生。换个角度，便会产生另一种哲学、另一种处事观。这样，我们就不会为战场失败、商场失手、情场失意而颓唐，也不会为名利加身、赞誉四起而得意忘形。

跳出来看自己，我们就会认识到生活的苦、累或开心、舒坦，完全取决于人的一种心境，取决于我们对生活的态度，对事物的感受。跳出来换个角度看自己，我们就会从容坦然地面对生活，再也不会拿别人的错误来惩罚自己了。

换个角度看待自己，是一种突破、一种解脱、一种超越、一种高层次的淡泊宁静。转一个角度看世界，世界无限宽大；换一种立场待人事，人事无不轻安。

成长智慧

摘编 / 尚文智

永不言败

有一个孩子刚12岁时爸爸妈妈就去世了。从此,这个孩子跟爷爷相依为命。因为家里没钱供他上学读书,上完小学这个孩子就辍学回家,帮爷爷耕种家里的两亩薄田。

到了娶妻生子的年龄,由于他家徒四壁,没有一个姑娘能看上他。为了改变家里的穷困面貌,他找亲戚借了1000块钱,买了几百只小鸡开始养鸡。谁知等鸡快出栏的时候,一场鸡瘟让所有的鸡在几天内全部死光。

他没有气馁,又借钱买了一辆二手车开始跑出租,车买回来不到一个星期,有天晚上他出去拉活时,连车带人一头扎进河里。他被救了起来,车却永远报废,只能当废铁卖。

年老的爷爷受不了这个打击,竟抑郁而死。他到30岁的时候,还是光棍一个,除了一屁股债,什么也没有。几乎所有人都认为他这辈子完了。但他并没有被失败打倒,还在不停地寻找发财门路。

若干年后,他成为当地一家大公司的老总,个人资产过亿。媒体采访他的时候,他说只要你永不言败,你就有希望。

挫折并不可怕,可怕的是遭受挫折之后失去了继续努力的勇气。遇到挫折时,只要能坚持下去,就有成功的希望。

自己想要的清静

有一个人由于平时工作太忙,应酬太多,他特别想一个人不受打扰地待一段时间,做自己想做的事。终于等来春节放假,于是他买了几大袋饺子放在冰箱里,然后把自己一个人关在家里,成天闭门不出,安安静静地在家看书写书,饿了就煮饺子吃,清清静静地过了半个月。

春节过后,一个同事到他家拜访,见他一个人待在空寂的大房子里,就十分同情他。

这个人十分诧异:自己好不容易得到的清静,竟然被同事看成是空寂。这个人对同事说,"我没有觉得这是空寂,我只觉得这是自己想要的清静。"

对于同一种状态,由于心境的不同,感受也就自然不同。

境随心变

有个女孩,天生兔唇。从小到大,她都是同伴们嘲笑的对象,为此她十分自卑,不敢主动和别人交往。

有一天,她去教堂做礼拜,做完礼拜后,别的人都走了,她一个人坐在角落里伤心地哭起来。牧师就问她伤心的原因。

她说她长得太丑了,别人都不愿和她交往,她没有朋友,因此很难过。

牧师说,变漂亮很容易呀,你只要脸上经常挂着笑,见到别人就主动亲切地打招呼,并经常用一颗善良的心去帮助别人。你就会变成一个最漂亮的人。

女孩听从了牧师的建议,全心全力地去实践牧师给她的建议,渐渐地，她成为那里最受欢迎、最有人缘的人了。

内在的心境变了，外在的环境自然也就转变了。

爱，不等于伤害

有一个孩子，非常喜欢小蜻蜓。他经常把被雨水浸湿翅膀、不能再飞翔的小蜻蜓带回家放在笼子里，自己每天捉虫子喂它们。

有一次，他看到小伙伴手里拿着一只小蜻蜓，正企图用剪刀把小蜻蜓的翅膀剪下来。这个孩子马上跑过去，想把小蜻蜓从伙伴手里救下来。谁知小伙伴并不同意把蜻蜓交给他，最后，在两人的争夺中，小蜻蜓活活被扯成两截。

有爱心，有方法，才能让爱心开出最美的花。如果光有爱心，却没有好的方式方法，极可能因为这"爱心"，而给别的生命带来残酷的伤害。

脖子

有个秘书写了一篇长篇报告，拿去请领导审阅。领导在看的过程中，不时摇一下头，秘书见状忙说，这篇稿子还需要做一些修改。领导就把稿子还给他，让他修改后再拿来。

秘书以为领导对他报告中的立场有意见，回去后马上把报告中原来的观点改了。再拿去给领导看时，见领导还是不时地摇一下头。

秘书不解地向领导请示："您说，在报告中我们应该站什么样的立场？"

领导摇了一下头说，"你先前那些观点挺好的。昨天睡觉把脖子扭了，今天脖子有点难受……"

会察颜观色虽然不是什么坏事，但如果领会错上级的意思肯定不是什么好事。所以，做事时不要妄自揣测，而应有一个正确的立场、观点。

姑娘和逃犯

有一个年轻人因为朋友诬陷而被追捕,在逃跑的过程中,他心灰意冷,觉得这个世界上再没有什么值得信赖了。在逃往边境的路上,他大肆抢劫。有天晚上,为躲避追捕,他跑到山上,见半山腰有户人家的灯亮着,他就直闯进来。家里只有一个年轻的姑娘。

这个年轻的姑娘看到他不但不害怕,反而非常高兴地说,"我猜你肯定是迷路了。我遇到过好多像你这样的人。你就住我们家吧,今天我爸爸妈妈都不在家,我还正害怕呢,你来了正好可以给我做个伴。明天我告诉你怎么下山。"

这个年轻人看着年轻姑娘纯洁无邪的脸,庄重地点了点头。年轻姑娘的这番话,让他突然改变了主意。第二天,他下山后就去派出所投案自首。

一句善意的、充满信赖的话语,往往能影响和改变一个人的一生,有的时候甚至可以拯救一个正在沉沦的灵魂。

活在当下

有一个人,每天的工作都非常繁忙,每天都有做不完的事。他一直想找个好办法让自己轻松几天。后来有个朋友向他建议说,"你提前把你手头上的工作做完不就得了吗?"

这个人觉得这个办法不错,于是第二天就起了个大早,狠狠地工作了一天,把手头上需要处理的事差不多全部处理完了。他以为这样明天就可以好好歇一天了。

第二天,他还没起床,手机就响了,原来新的任务又来了。

无论你今天怎么用力,明天的任务照样会有。世上很多事是无法预知的,唯有认真地活在当下,才是最真实的人生态度。

生命中什么最重要

有个朋友是一名临终关怀护士,她专门照顾那些临终的病人,所以有机会听到许多人在走到生命尽头时说他们一生中最后悔的事。

有一次她照顾的病人才刚到中年,是一个事业有成的男人。这个男人非常能吃苦,在创业的初始阶段,他每天都睡得很晚,并且周六周日从不休息,四处开展业务。

等他事业终于有所成就时,随着业务量的增加,他开始了更加忘我的工作。最后,因长时间超负荷的工作而病倒了。

当得知自己患了绝症时,他一下子被彻底打倒了。临终时,他说他一生中最后悔的事,就是工作时间太长,没能好好陪爸爸妈妈和妻子、儿子。

现在很多人为实现自身价值或是追求卓越,把大量的时间放在工作和与工作有关的应酬上,等到"积劳成疾"时,留下无限的遗憾撒手而去,是可悲,更是可叹。

人生最本质、最宝贵的东西是什么?是生命和亲人。人生所谓幸福,就是拿出时间,与自己的亲人好好相处。

生命是一次度假

有一对非常恩爱的夫妻,丈夫是位船员,长年累月在海上漂流,妻子一个人守在家里,毫无怨言地照顾着这个家。

在一次海难中,船员不幸遇难。年轻的妻子听到这个噩耗时,整个人都凝固在悲凄的绝望之中,她感到自己的整个天空都被撕成了碎片。

船员的骨灰运回来时,还附带了一封他之前写给妻子的信:"亲爱的,当你看到这封信的时候,我就再也不用远航了。以前你一直希望我能守在你身边,现在我回来了。守在你身边的感觉真好,即便我的卧室和你的卧室隔着一层冰冷的墙。"

年轻的妻子看完后心头一颤,她感到自己的心顷刻如释重负!

生命就是来世上走一趟,不过是一场短暂的度假或旅游罢了,谁都不能留住什么,最好的方式是用轻松的心态对待自己的生命和收获。

鱼竿和鱼

从前,有两个饥饿的人得到了一位长者的恩赐:一根鱼竿和一篓鲜活硕大的鱼。其中,一个人要了一篓鱼,另一个人要了一根鱼竿,然后他们分道扬镳。得到鱼的人原地用干柴搭起篝火煮起了鱼,很快就把长者送给他的鱼吃个精光。不久,他便饿死在空空的鱼篓旁。

另一个人则提着长者送他的鱼竿继续忍饥挨饿,一步步艰难地向海边走去。然而当他看到不远处那片蔚蓝色的海洋时,他身上最后一点力气也用完了,他最终没能走到海边就撒手人寰。

长者得知他们的遭遇后,叹了口气说,如果他们能齐心协力一同去找寻大海,那么,几年后,他们都能过上福祉安康的生活。

一个人只顾眼前的利益,得到的终将是短暂的欢愉;一个人目标高远,但也要面对现实的生活。只有把理想和现实有机结合起来,才有可能成为一个成功之人。有时候,一个简单的道理,却足以给人意味深长的生命启示。

猫

文 / 夏丏尊

　　白马湖新居落成,把家眷迁回故乡的后数日,妹就携了4岁的外甥女,由二十里外的夫家雇船来访。自从母亲死后,兄弟们各依了职业迁居外方,故居初则赁与别家,继则因兄弟间种种关系,不得不把先人有过辛苦历史的高大屋宇,受让给附近的暴发户,于是兄弟们回故乡的机会就少,而妹也已有六七年无归宁的处所了。这次相见,彼此既快乐又酸辛,小孩之中,竟有未曾见过姑母的。外甥女当然不认得舅妗和表姊,虽经大人指导勉强称呼,总都是呆呆的相觑着。

　　新居在一个学校附近,背山临水,地位清静,只不过平屋四间。论其构造,连老屋的厨房还比不上,妹却极口表示满意:

　　"虽比不上老屋,终究是自己的房子,我家在本地已有多年没有房子了!自从老屋卖去以后,我有多少被人瞧不起!每次乘船经过老屋面前真是……"

　　妻见妹说时眼圈有点红了,就忙用话岔开:

　　"妹妹你看,我老了许多吧?你却总是这样后生。"

　　"三姊倒不老!——人总是要老的,大家小孩都已这样大了,他们大起来,就是我们在老起来。我们已六七年不见了呢。"

　　"快弄饭去吧!"我听了他们的对话,恐再牵入悲境,故意打断话头,使妻走开。

妹自幼从我学会了酒，能略饮几杯。兄妹且饮且谈，嫂也在旁屡着。话题由此及彼，一直谈到饭后，还连续不断。每到妹和妻要谈到家事或婆媳小姑关系上去，我总立即设法打断，因为我是深知妹在夫家的境遇的，很不愿在难得晤面的当初，就引起悲怀。

忽然，天花板上起了嘈杂的鼠声。

"新造的房子，老鼠就这样多吗？"妹惊讶了问。

"大概是近山的缘故吧。据说房子未造好就有了老鼠的。晚上更厉害，今夜你听，好像在打仗哩，你们那里怎样？"妻说。

"还好，我家有猫。——快要产小猫了，将来可捉一只来。"

"猫也大有好坏，坏的猫老鼠不捕，反要偷食，到处撒屎，倒是不养好。"我正在寻觅轻松的话题，就顺了势讲到猫上去。

"猫也和人一样,有种子好不好的,我那里的猫,是好种,不偷食,每朝把屎撒在盛灰的畚斗里。——你记得从前老四房里有一只好猫吧。我们那只猫,就是从老四房讨去的小猫。近来听说老四房里断了种了,——每年生一胎,附近养蚕的人家都来千求万恳地讨,据说讨去都不淘气的。现在又快要生小猫了。"

老四房里的那只猫向来有名。最初的老猫,是曾祖在世时,就有了的,不知是哪里得来的种子,白底,小黄黑花斑,毛色很嫩,望上去像上等的狐皮"金银嵌"。善捉鼠性质却柔顺得了不得,当我小的时候,常去抱来玩弄,听它念肚里佛,挖看它的眼睛,不啻是一个小伴侣。后来我由外面回家,每走到老四房去,有时还看见这小伴侣的子孙。曾也想讨一只小猫到家里去养,终难得逢到恰好有小猫的机会,自迁居他乡,十年来久不忆及了,不料现在种子未绝,妹家现在所养的,不知已是最初老猫的几世孙了。家道中落以来,田产室庐大半荡尽,而曾祖时代的猫,尚间接地在妹家留着种子,这真是一种不可思议的缘,值得叫人无限感兴的了。

"哦!就是那只猫的种子!好的,将来就给我们一只。那只猫的种子是近地有名的。花纹还没有变吗?"

"你喜欢哪一种?——大约一胎多则三只,少则两只,其中大概有一只是金银嵌的,有一二只是白中带黑斑的,每年都是如此。"

"那自然要金银嵌的啰。"我脑中不禁浮出孩时小伴侣的印象来。更联想到那如云的往事,为之茫然。

妻和妹之间,猫的谈话,仍被继续着,儿女中大些的张了眼听,最小的阿满,摇着妻的膝问:"小猫几时会来?"我也靠在藤椅上吸着烟默然听她们。

"小猫来的时候,要教会它才好。如果撒屎在地板上了,就捉到撒屎的地方,当着它的屎打,到碗中偷食吃的时候,就把碗摆在它的前面打,这样打了几次,它就不敢乱撒屎多偷食了。"

妹的猫教育论,引得大家都笑了。

次晨,妹说即须回去,约定过几天再来久留几日,临走的时候还说:

"昨晚上老鼠吵得真厉害,下次来时,替你们把猫捉来吧。"

妹去后,全家多了一个猫的话题。最性急的自然是小孩,他们常问:"姑妈几时来?"其实都是为猫而问,我虽每回答他们:"自然会来的,性急什么?"而心里也对于那与我家一系有二十多年历史的猫,怀着迫切的期待,巴不得妹——猫快来。

妹的第二次来,在一个月以后,带来的只是赠送小孩的果物和若干种的花草和苗种,并没有猫。说前几天才出生,要一个月后方可离母,此次生了三只,一只是金银嵌的,其余两只,是黑白花和狸斑花的,讨的人家很多,已替我们把金银嵌的留定了。

猫被送来,已是妹第二次回去后半月光景的事,那时已过端午,我从学校回去,一进门妻就和我说:

"妹妹今天差人把猫送来了,她有一封信在这里。说从回去以后就有些不适应。大约是寒热,不要紧的。"

我从妻手里接了信草草一看,同时就向室中四望:

"猫呢?"

"她们在弄它,阿吉阿满,你们把猫抱来给爸爸看看!"

立刻,柔弱的"尼亚尼亚"声从房中听得阿满抱出猫来:

"会念佛的,一到就蹲在床下,妈说它是新娘子呢。"

我在女儿手中把小猫熟视着说:

"还小呢,别去捉它,放在地上,过几天会熟的。当心碰见狗!"

阿满将猫放下。猫把背一耸就跟跄得向房里遁去。接着就从房内发出柔弱的"尼亚尼亚"的叫声。

"去看看它躲在什么地方。"阿吉和阿满蹑着脚进房去。

"不要去捉它啊！"妻从后叮嘱她们。

猫确是金银嵌，虽然产毛未褪，黄白还未十分夺目，尽足依约地唤起从前老四房里的小伴侣的印象。"尼亚尼亚"的叫声，和"咪咪"的呼叫声，在一家中起了新气氛，在我心中却成了一个联想过去的媒介，想到儿时的趣味，想到家况未中落时的光景。

与猫同来的，总以为不成问题的妹的病消息，一二日后竟由沉重而至于危笃，终于因恶性疟疾引起了流产，遗下未足月的女孩儿弃去这世界了。

一家人参与丧事完毕从丧家回来，一进门就听到"尼亚尼亚"的猫声。

"这猫真不利，它是首先来报妹妹的死信的！"妻见了猫叹息着说。

猫正在檐前伸了小足爬搔着柱子，突然见我们来，就踉跄逃去，阿满赶到橱下把它捉来了，捧在手里：

"你不要逃，都是你不好！妈！快打！"

"畜牲晓得什么？唉，真不利！"妻呆呆地望着猫这样说，忘记了自己的矛盾，倒弄得阿满把猫捧在手里瞪目茫然了。

"把它关在伙食间里，别放它出来！"我一边说一边懒懒地走入卧室睡去。我实在已怕看这猫了。

立时从伙食间里发出"尼亚尼亚"的悲鸣声和嘈杂的搔爬声来。努力想睡，总是睡不着。原想起来把猫重新放出，终于无心动弹，连向那就在房外的妻女叫一声"把猫放出"的心绪也没有，只让自己听着那连续的猫声，一味沉浸在悲哀里。

从此以后，这小小的猫在全家成了一个联想死者的媒介，特别的在我，这猫所暗示的新的悲哀的创伤，是用了家道中落等类的怅惘包裹着的。

伤逝的悲怀，随着暑期一天一天地淡去，猫也一天一天地长大，从前被全家所诅咒的这不幸的猫，这时渐被全家宠爱珍惜起来了，当作了死者的纪念物。每餐给它吃鱼，归阿满饲它，晚上抱进房里，防恐被人偷了或是被野狗咬伤。

　　白玉也似的毛地上，黄黑斑错落得非常明显，当那蹲在草地上或跳掷在凤仙花丛里的时候，望去真是美丽。每当附近四邻或路过的人，见了称赞说"好猫"的时候，妻脸上就现出一种莫可言说的矜夸，好像是养着一个好儿子或是好女儿。特别是阿满：

　　"这是我家的猫，是姑母送来的，姑母死了，就剩了这只猫了！"她当有人来称赞这猫的时候，不管那些人陌生与不陌生，总会睁圆了眼起劲地对他说明这些。

　　猫做了一家的宠儿了，每餐食桌旁总有它的位置，偶然偷了食或是乱撒了屎，虽然依妹的教育法是要就地罚打的，妻也总看妹面上宽恕过去。阿吉阿满一从学校里回来就用了带子逗它玩，或是捉迷藏似的在庭间追赶它。我也常于初秋的夕阳中坐在檐下对了这跳掷小动物作种种的遐想。

　　那时快近中秋的一个晚上的事：湖上邻居的几位朋友，晚饭后散步到了我家里，大家在月下闲话，阿满和猫在草地上追逐着玩。客去后，我和妻搬进几椅正要关门就寝，妻照例记起猫来：

　　"咪咪！"

　　"咪咪！"阿吉阿满也跟着唤。

　　可是却听不到猫的"尼亚尼亚"的回答。

　　"没有呢！哪里去了？阿满，不是你捉出来的吗？去寻来！"妻着急起来了。

　　"刚刚在天井里的。"阿满瞠了眼含糊地回答，一边哭了起来。

　　"还哭！都是你不好！夜了还捉出来做什么呢？——咪咪咪咪！"妻

一边责骂阿满一边嘎了声再唤。

可是仍听不到猫的"尼亚尼亚"的回答。

叫小孩睡好了,重新找寻,室内室外,东邻西舍,到处分头都寻遍,哪有猫的影儿?连方才谈天的几位朋友都过来帮着在月光下寻觅,也终于不见形影。一直闹到12点多钟月亮已照屋角为止。

"夜深了,把窗门暂时开着,等它自己回来吧,——偷食没有日偷的,或者被狗咬死了,但又不听见它叫。也许不至于此,今夜且让它去吧。"我宽慰着妻,关了大门,先入卧室去。在枕上还听到妻的"咪咪"的呼声。

猫终于不回来。从次日起,一家好像失了什么似的,都觉到说不出的寂寥。小孩从放学回来也不如平日的高兴,特别的在我,于妻女所感的以外,顿然失却了沉思过去种种悲欢往事的媒介物,觉得寂寥更甚。

第三日傍晚,我因寂寥不过了,独自在屋后山边散步,忽然在山脚田坑中发现猫的尸体。全身粘着水泥,软软地倒在坑里,毛贴着肉,身躯细了好些,项有血迹,似确是被狗或者野兽咬毙了的。

"猫在这里!"我不自觉叫了说。

"在哪里?"妻和女孩先后跑来,见了猫都呆呆地几乎一时说不出话。

"可怜!定是野狗咬死的。阿满,都是你不好!前晚你不捉它出来,哪里会死呢?下世去要成冤家啊!——唉!妹妹死了,连妹妹给我们的猫也死了。"妻说时声音呜咽了。

阿满哭了,阿吉也待着不动。

"进去吧,死了也就算了,人都要死哩,别说猫!快叫人来把它葬了。"我催她们离开。

妻和女孩进去了。我向猫作了最后的一瞥,在昏黄中独自徘徊。日来已失去了联想媒介的无数往事,都回光返照似的一时强烈地齐现到心上来了。

我的老妈是极品

文 / 薄睿宁

吾家有极品老妈一枚，虽已年近不惑，但心仍如14岁小孩一般。嬉笑怒骂，无不与其年龄大相异趣。

老妈并不喜下厨，每每老爸外出，才会"勉为其难"。每次老妈去厨房，我总是如临大敌一般，因耳边不时传来一阵阵刺耳的尖叫，"啊！我又把盐和糖认错了！""酱油和醋？这味菜，该用哪样？"

我晕菜，急忙拿起电话给"大厨"——老爸打电话"求救"，虽有"大厨"的远程"指导"，但老妈那做饭水平还是不能让人恭维。回想那顿馅饼，老妈按"大厨"的指示有条不紊地先和面，再调馅儿，最后弄好了放进电饼铛。本来挺简单的事儿，到了老妈手中就成了"老大难"：先是面不"听话"，硬邦邦的像块石头；其次是韭菜抗议，根上的泥还没洗净，切得长短不一；最后是馅子闹矛盾，大呼，"打死卖盐的了，我都快成咸菜了！"不过，好戏还在后头，十几分钟后，伴随着一阵刺鼻的焦糊味弥漫进我的鼻孔，老妈端着几块黑糊糊的东西上了桌。那东西其貌不扬，露出焦黑色的硬皮，我用筷子戳了戳，硬如磐石，不知我"娇嫩"的牙齿是否能经受得住。这很难与香喷喷、酥酥软软的馅儿饼联系起来。

老妈一脸愧色，"哎呀，没办法，你老妈就这个水平，你就将就着吃吧！"我也不好再说什么，只好试探地夹起一块，将信将疑地放进嘴里，我的眉头皱成了"八"字，"太好吃了！老妈，你都把馅儿饼做出苦瓜味了！"老妈这才亲自品尝，然后就是一阵"呸呸呸"声……

老妈如果煎鱼，那鱼吃起来就不用吐骨头了，因为鱼在锅里时，就已经刺是长刺，肉是肉泥了。而老妈最所擅者，清水面也。何谓清水面？即用清水煮面，柴米油盐酱醋茶统统不放，等锅中水开，下面即可。再煮上一个鸡蛋，弄一小碟咸菜，即为物美价廉、"营养丰富"的"清水面套餐"。可悲的是，此常作为我的早餐，我是欲哭无泪啊。

也难想象，在我初上幼儿园到刚读小学前的那段时间，对电脑升级游戏痴迷到中午饭将就着匆匆买个肉夹馍，边吃边在电脑前奋战一个中午不带午休的她，竟然那天看我搬个小板凳看她玩升级游戏时，痛下决心，说自己以后金盆洗手，浪子回头了！我还刚上瘾呢！我超喜欢看老妈打游戏。结果第二天，老妈就搬出了厚厚的一摞书，钻研起来。我真是不知她葫芦里卖的什么药。

结果，几天后，老妈又坐在了电脑前。我哂笑，"妈妈，我看你打升级游戏！""不，宝贝，从此以后，妈妈不打游戏了，改打字写文章了！"妈妈一本正经地说道。

"什么是打文章？"看我"懵懂"的样子，老妈似笑非笑地看着我，"哼哼，你老妈转身一变，不久就会成作家了！"这次，我听懂了，不屑地撇撇嘴，"切，你还当作家？顶多是个'坐家'！"哈哈，我也有幽默细胞吧！

一个小时后，老妈的"处女作"隆重推出，但并没有一家报社和杂志青睐。可老妈并没有气馁，拿出打升级的那股韧劲，持之以恒、废寝忘食地写了起来。功夫不负有心人，一个月后，老妈的小文《享受幸福》便在《中国教师报》上成了铅字。一年后，老妈的写作之路已经走得有模有样，发表了一百多篇文章，赚了几千元的稿费了。

老妈自己华丽丽地转身后，又开始吸引我的注意，她故意拿着稿费单在我眼前晃荡，"这是钱啊！想要吗？自己写去！"活活把我气得半死，于是我也发愤图强，自己一咬牙，写出了一篇幼稚的童话。老妈竭尽全力，帮我修改，可这是"烂泥糊不上墙""巧妇难为无米之炊"，那篇现在看起来像笑话的童话最终没被采用。

不过，经过老妈的循循善诱，我终于勉为其难地又创作了好几篇童话，那篇《倒霉的狗》发在了《快乐日记》上，这极大地激励了我。后来，我高歌猛进，又发表了几十篇文章，走上了写作的正轨。

本来我的打字速度奇慢，一分钟都磨蹭不出几个字，不过经过老妈的"威逼利诱"，规定我每小时得至少打一千字，加上我的刻苦训练，我现在半小时最快速度是两千字了。

写稿的三四年光景已经过去。我和老妈都已经是"小有成就"了。老妈也"著书立说"，出了《我带儿子走进阅读之门》《害羞的小蜜蜂》《牛妈教作文：教师妈妈的三十六计》等四册书。我也出了和妈妈的合集《爱捣蛋的小猴》，还有我的《最男孩的童话屋》《孩子剧团》三册书。老妈现在劲头十足，我和她的"作家梦"梦想成真了！

近期老妈迷上了打羽毛球，名曰锻炼身体加帮老爸减肥。常常早晨五点钟雷打不动地把睡得正酣的老爸拖醒前去打球。经一段时间的苦练，老妈的球技是突飞猛进、扶摇直上。她更是以十二分的精神"缠"上了羽毛球。放假后，每天下午都找我陪练。我的球技可是不敢恭维，老妈却是耐心指导，不厌其烦。现在，作为羽毛球门外汉的我，球技也是响当当的了。

这个炎炎暑假，老妈更是担当起了和我预习功课的重任，有板有眼地当起了我的"老师"。看她买来练习题，并拿着我的新课本在那里备课，然后在这里标标，那里画画，那股认真劲，令我佩服。我虽"不厌其烦"，但一路跟着老妈走来，收获还真不小。

极品老妈，让我又爱又"恨"。引老妈一句话作结语，"当妈难，当一个极品老妈更难！"

外公树

文 / 马知行

阳台的东侧，放着一棵小树——外公树。

每天清晨，它都沐浴在阳光里茁壮成长。这棵树，是外公送给我的。当初，它不过是一个只有拇指大的"树疙瘩"，现在已经长大了，在阳台上的数十盆花草中，显得出类拔萃。它叫什么，外公也不知道，于是我给它取了一个特别的名字——外公树。

外公是上世纪80年代初，第一批建设深圳的数万名"拓荒牛"之一。深圳能从一个小渔村，发展成为一个现代化国际大都市，他们付出了艰辛的汗水。

爸爸妈妈结婚后，有了我，一家三口就住在外公家里。爸爸妈妈要上班，陪我玩的"重任"就落在了外公肩上。知道我喜欢骑在爸爸的脖子上"打马肩"，外公带我出去玩时，就让我骑在他的脖子上。幼小的我只懂得调皮捣蛋——又多一个人让我"骑"了，却从来没有注意外公的背上，衣服已经湿透了。

小时候，我有一种"怪癖"——老不好好睡觉，总喜欢在床铺上上演"大闹天宫"，吵得一家人都睡不好。外公偶然间发现两个可以让我快速入睡的"途径"：在我睡觉前帮我做背部按摩，可以让我早点睡着，被外公称为"扯背"。另一种就有些匪夷所思了——我的小手摸着大人的头发，慢慢地就睡着了；这个方法虽然听起来不怎么靠谱，但效果却出奇的好,被称为"摸头头",屡试不爽。但后者的"代价",比前者重一些——每天早上,爸爸或者外公的头发总是被我折腾得很不规则,乱糟糟的。

外公曾经是一名军人,一位专业的军队"厨师",做得一桌拿手好菜。我们搬到新家后,每个周末都会去外公家看望外公外婆。周末是我最盼望的日子——我可以享用到外公为我准备的美味大餐:啤酒鸭、炸鸡翅……吃得我满嘴流油,还能满载而归。外公做菜有自己的秘诀,就算一个普通的茄子,经开水一烫,调好一小碗辣酱,也是一道美味。外公经常将茄肉挑出来,放入我的碗里,自己却吃略带苦味儿的茄子皮。我不理解,就问外公:"外公,为什么你只吃皮呢?"外公嘿嘿一笑:"因为茄子皮好吃啊,比茄子肉有营养。"说着,又夹起一块茄子皮,放进嘴里,"津津有味"地吃着。我也不再多问。

外公家的阳台上,摆放着很多各种各样、争奇斗艳的花草,这些花草是这个显得有些老旧的小区里的一道美丽的风景线。外公爱这些花儿,每天都给它们浇水、除草。有一天,我站在阳台上望着这些花草,有些惊讶它们生机勃勃的美丽。外公走过来,看我十分喜欢这些花儿的样子,就问我:"知行,你喜欢哪一株花?外公送给你。"我马上挑选起来,可是选了半天,也没挑出一个让我特别喜欢的。

2008年夏天,外公身体有些不适。暑假的第二天,我就迫不及待地去看望外公,顺便又向外公提出要一盆花的要求。外公便从众多花盆中挑出一盆递给我。我一看,这哪是一盆花?分明是一个"树疙瘩"!外公笑眯眯地看着我,说:"你不要看它现在不怎么样,以后一定会很漂亮。"我接过这盆花,想象着里面住着一只小精灵,长大后就会跟我一起玩耍。我听到外公轻轻地叹了口气,便回头看了外公一眼,发现外公的眼中闪过一丝忧伤……

8月中旬的一天,噩耗传来:外公因患了重症肝炎,永远离开了我们。爸爸妈妈担心我知道后会太伤心，故意隐瞒了我一个多月。直到外公的骨灰要送回四川安葬的前一天，爸爸才告诉我真相，当时我号啕大哭。来到外公家，我跪在外公的遗像前，为外公上了三炷香，久久地注视着外公的遗像，脑子里一片空白。

2009年和2011年的暑假，爸爸妈妈都带我回到四川，专程去看望外公……

我站在阳台上，看着枝繁叶茂的"外公树"，它已经结出了好几个花骨朵儿，心里暖暖的。好想回到四川，好想再去看外公。好想对外公说：您送给我的"树疙瘩"已经长大了，开花了，您不需要再操心了！

爱，就在细微处

文 / 曾元奚

有的爱看得见，摸得着。而有的爱却看不到，也摸不着。它体现在细微之处，只要你用心，就能感觉到。

4年前，爸爸、妈妈、弟弟和我还在一起快乐地生活着。我甚至还记得那天，因为我犯了错，爸爸打了我一顿。当时，我很是生气，恨不得他马上消失，不要在这个世界上活着。当天晚上做作业时，我遇到了很多难题。我问妈妈，妈妈也不会。没办法，只好丢下先去睡觉了。第二天早上起床收拾书包时，我发现不会的作业竟然完整地写好了答案，旁边还有一张纸，上面写着为什么要这样做的理由。看到几乎全对，我很是高兴，以为是妈妈做的，就连忙跑去向妈妈道谢。可妈妈却说不是她做的，是一个神秘人帮我做的。"神秘人？"我当时觉得很是不可思议，但因时间关系并没去追究。

快乐的日子总是太短暂。那天，是一个令人心痛的日子。2011年8月6日早上，我和妈妈因为什么事总打爸爸的电话也没人接。直到下午打过去才有人接，可接电话的人却不是爸爸，而且还给我们带来了一个噩耗：爸爸走了。一听到这个消息，我顿时大哭起来，妈妈强忍着泪把弟弟交给我和外婆就匆忙走了，与外公、叔叔一同赶往现场。过了几天，妈妈才把爸爸接了回来。可那时，我已经永远见不到爸爸了，再也看不到他那慈爱的脸庞，哪怕是他那高大壮实的背影都不能看到了。我为自己以前曾说过不想爸爸在这个世界上的话而深深地感到自责——因为，我觉得就是自己这句话害了爸爸。然而，世界上并没有后悔药。我就是能把那时所说的话、那时的感受收回，也不能再把爸爸拉回到自己的身边了！

后来，我问了妈妈很多关于爸爸的事，才知道那个神秘人原来就是爸爸。怪不得第二天早上脸上痛痛的，原来是爸爸亲我时，用胡子扎的。那个时候，爸爸经常出差，早出晚归，但每天回来的第一件事就是看我们姐弟俩。现在回想起来，我才体会到当初爸爸对我的每一言每一行无不饱含一位父亲对子女的深爱，虽然它们是那么琐碎，那么微小，那么繁杂，甚至还有些让人费解。如果时光可以倒流，我一定不会乱对爸耍性子，一定会好好珍惜那幸福的亲子时光，好好地爱爸爸——可现在，就算我想爱也爱不了了。

爱，就在细微处，虽然有时摸不到也感觉不到，但它却实实在在地在你身旁，必须用心才能体会到。但要记住体会越早，就可以更早地爱爱你的人！就不会等到看不见甚至失去了才知道它的珍贵！

给外公的一封信

文 / 张雯

亲爱的外公：

　　您好！好久没有给您写信了，下面我就把我最近做的事情向您汇报一下，希望我没有辜负您对我的殷切希望。我最近一直好好学习，还被人叫作活雷锋呢，事情是这样的：

　　那天放学之后，天空乌云密布，眼看就要下雨了。我迅速装好书包，急匆匆往家赶。

　　刚走出校门，雷鸣电闪随即而来。我转弯跑到大街上，迎面碰到一个小妹妹边走边哭，并"妈妈、妈妈"地叫个不停。震耳的雷声，吓得她不知所措。我心里虽然也非常的害怕，但看到小妹妹那焦急的神情和满脸的泪痕，就毫不犹豫地走上前去，拉着她的手说："小妹妹，别怕，有我，我送你回家。"也许有了我这个胆大的姐姐一起走，那个小妹妹圆圆的脸上露出了笑容。我一边安慰她，一边拉着她的手，按着她指点的路，一起往她家里赶去。一阵雷声过后，豆大的雨点扑面而来，我们的头发被打湿了，衣服也湿了。我心里着急，干脆背起了她，飞快地向她家里奔去，一直把她送回家。

　　小妹妹的妈妈见到此情景，一下子把我俩搂进她的怀里，感激地对我说："好闺女，真是谢谢你了，你真是个活雷锋呀。"那个小妹妹则紧紧拉住我的手不放，非让我吃了饭再走，因为天还在下雨。我谢绝了她们母女的好意,急急地说了声"再见"便消失在雨中。

回到家里,我赶紧换掉湿了的衣服以防感冒。但我心里高兴极了,因为我做了一件有意义的事情。

此致

敬礼

您的外孙女:张雯

我当爷爷的小小监督员

文 / 谭珺天

我的爷爷是一名出色的司机,他的车总是开得又稳又快,但是有时候他也会分心,让乘车的人有惊无险。

寒假到了,我和爷爷奶奶一起去乡村度假。一上车,我就给爷爷来了个下马威:"爷爷,今天我是你的监督员,如果你开车犯规的话,嘿嘿,就要罚款5000元人民币给我哦!"

爷爷满口答应:"好好,欢迎小监督员监督指导。"

"嗞"的一声,汽车启动了。我目不转睛地盯住爷爷,这可把他吓得冒出了一身冷汗。"叮",红灯亮了,车子停了下来。爷爷不由自主地拿起身边的杨梅烧酒正准备小小地抿一口的时候,我大声说道:"开车不准喝酒!"

此刻的我就像是一个电子警察,把爷爷记进了黑名单。爷爷无可奈何地把酒瓶放了回去。"叮",这时绿灯亮了,只听"嗖"的一声,一辆汽车从后面蹿了出来,抢先超过了我们。"神经病!"爷爷不知不觉地骂了一句。

"开车不准骂人!先罚50元人民币!"我这个"电子警察"以高分贝的叫声喊道。

爷爷连忙转过脸来赔笑着说:"天天,这次就饶了我吧!"他以为这样就可以让我消消气,可没想到更可怕的喊叫声把爷爷吓得彻底鸦雀无声了:"开车不准左顾右盼!只准看前方和反光镜!"

"叮",这时红灯又一次亮了,爷爷又不安分了,竟然点起了香烟。这一举动又被我这个"电子警察"逮了个正着:"开车不准抽烟,再罚50元人民币!"爷爷急忙把烟扔向窗外,"电子警察"再次发威,"开车不准乱扔垃圾,罚款100元人民币!"

终于到家了,爷爷走到我面前一本正经地说:"天天,今天你给我的帮助很大,给我上了一堂有教育意义的交通课。你让我知道了,做任何事情只有全神贯注才能做好!给,这是200元,我的罚款!"

我连忙摆摆手,说:"爷爷,您把我们安全地送到了家,您的任务已经完成了。而且您也认识到了开车的重要性,钱,我就不收了!"爷爷听完,像一个小孩子一样又笑又跳地跑开了。

被时间覆盖的恩情

文 / 流马

我一生都不会忘记那个晚上——得知高考落榜的第 22 天。那晚的月光很好，均匀地洒在大地上，远远看着白茫茫的。在我的眼里，却像一场寒冬的雪。

晚饭后，父亲终于开口了。

"我——说个事情。"

像是怀着巨大的愧疚，父亲始终没有看我的眼睛。

"你别怪爹！这十几年，我一直把你当亲生女儿。你尽力了，但还是没考上……"

这是我预料之中的事情。很感谢父亲给了我 22 天疗伤的时间，让我有勇气面对今天的这一刻。"不是爹不供你——或许我们家没有出大学生的命。你哥当年也没复读……"

哥一直低着头，摆弄着桌上的碗筷，沉默着。

"爹，你别说了，我不怪你。等过完年，我就和叔他们去打工。让哥早点娶上嫂子……"

哥高中毕业后学了门修摩托车的手艺，在村口摆了摊点。赚不了大钱，却也饿不着，而且还能帮着家里。因为农忙时有哥哥帮忙，爹多租了几亩水田种着。哥已经 24 岁了，别人家的孩子这么大时，儿子都已经能打酱油了。

"我供你读书,去最好的学校……"哥突然站了起来,一脸坚毅,决绝地说道。哥的话向来不多,但出口成钉,不容置疑。

"可是,你——"

"我晚两年成家!"

我拗不过哥哥,从小如此;爹老了,在哥哥面前也不再强势了。

2011年8月10日,我第一次出门远行,来到离家几百里的临川补习。几乎同时,大哥南下打工。我们去了离家同样远的地方,独留下苍老的父亲。把我送上往北的火车,哥哥转身上了南下的列车。从此,我们南北两隔!大哥本来是不用去打工的,就像我本来没有补习的机会一样。在学校花费每一分钱时,我都会想到哥哥,想象他拼命地加班,只是为了我能坐在教室里静静地听课。

因为是中途去的,哥哥没能进工厂。只得去劳动强度极大且风吹日晒的建筑工地。当我们坐在教室里开着四台风扇都不停地喊热时,哥哥却要在炙热的太阳下工作。想到这些,我的心都碎了!电话里,哥却高兴地告诉我,户外作业工资高,除了每天200元的基本工资还有降温补贴。从小哥哥就不让我干重活,甚至不让我在太阳下多待一会儿,但我知道这200元的分量和代价。那是一种沉甸甸的,我无法承受的生命之重。

"年前就可赚足你一年补习的费用了。你就好好读吧!考上大学,我还供你。"

我能说什么呢!每次放下电话眼眶都是湿湿的,心里却是暖暖的。

哥几乎从不主动给我打电话。从来都是我打给他的。考试不如意,心情低落时,我也会埋怨。

"你怎么不给我打电话啊!把我忘了似的——"

电话里一片沉默,我也不知说些什么了。许久,哥说话了。

"我不知道你什么时候有空听电话。我给你写信吧,这样你就可以在有空的时候看了。"

　　一周后,我收到了哥寄来的信。我没有等有空的时候再看,而是立即在班主任的课上看完了。哥在信中说:"每次站在30层的楼顶上看地面,城市就像茫茫的大海,鳞次栉比的高楼犹如汹涌的波涛,感觉既神奇又无助。"引得我一片遐想,哥知道我从小就渴望看海。"有次在集市突然听到家乡的土语,互相一问竟然是同乡。顿时,眼神里有泉水的清澈和星星的亮光。"哥哥手舞足蹈,忘乎所以的样子仿佛就在眼前。"漂泊在外,大家都很团结、友善,还有不少人不停地给我介绍对象哩……"

　　我的思绪被带去了远方,心中翻江倒海,极力地想象那片茫茫的城市海,也急切地想知道哥哥去相亲了没,结果怎样。

　　一阵躁动将我拉回,窗外下起了雪。天空早已灰暗一片,凛冽包裹了整个校园。我躲在人群里,一边望着窗外,看雪花纷纷扬扬地落在树上、屋顶上、路人肩上,一边在心里诉说,感谢你放下梦想和爱情而为我做的一切,感谢父亲在18年前那个大雪之夜把我抱进了这个家门。

困难不用怕

文 / 谷佳志

"天上飘来五个字,那都不是事,是事也就烦一会儿,一会儿就没事。"当我们遇到困难时不用怕,只要努力,只要坚持就会成功。

今年暑假,炎炎夏日,我和爸爸一起来到北京八达岭长城。

刚开始,新鲜感占据着我的内心,我兴奋地向上爬去,有时还像小猴子一样窜来窜去,不时回过头来呼唤落后的爸爸。爸爸时时在提醒着我:"别慌,困难在后边等着你呢!"还真像爸爸说的那样,还没爬到半山腰,我就累得坐在台阶上直喘粗气,两条腿像灌了铅似得怎么拉都拉不动。我极力向远处眺望,长城似一条长龙一样蜿蜒卧在群山之上,好似无边无际,我惊呆了,这让我怎么爬呀?

"小朋友,怎么不爬了?不到长城可是非好汉呀!"我漫不经心地抬头一看,原来是一位白发苍苍的老爷爷,他走得很慢,仿佛每一步迈的都是那么沉重。等走近再看,我简直不敢相信自己的眼睛,老爷爷的脚竟是用假肢装上去的。我突然有了一种不服气的感觉,一个没了双脚的老爷爷都在坚持,而我一个健康少年却止步不前。我迅速站了起来,用了全身的力气拔腿向前冲去。

我一路过关斩将,超过了一个又一个人,冲过了一个又一个烽火台,越过了一座又一座山。当我筋疲力尽爬到长城最高处时,回头一看,哇!刚开始想都不敢想的高山竟然被我一个个踩在了脚下。"长城,我来了!"我兴奋的喊着,忘记了疲倦。

当老爷爷同样筋疲力尽坚持到最后见到我时,我不停地向他表示感谢。爸爸和老爷爷一头雾水,丈二和尚摸不着头脑。我把老爷爷激励我战胜困难的事情说出后,老爷爷笑道:"我一直在坚持也是想品尝一下打败困难后的美味呀!"老爷爷的话很深,后来我才懂。

是的,打败困难后的美味不就是那一份成就感吗?遇到困难不用怕,要把我怕困难变成困难怕我。

回乡之路

文 / 刘勇

一首时光的歌谣，从心头跃起，穿越时光的隧道，降临在村庄里。天际里大漠般色调正异样地渲染，孤单的身影后面，总是有很多的寂寥，杨柳望着远端的天际发呆，一直将心情送到夕阳里。

离开家已经16年了，该回去看看父亲了。提起父亲杨柳总是心酸不已，瞬间泪水涟涟。父亲是个瞎子，先天性的，8岁时跟人学艺，10年后才出师。父亲天资聪明，会即兴说唱，别人提题目他弹唱，现编现唱，所以挣的红包总比别人多。

父亲26岁时候，经好心人撮合，娶了哑巴妈妈。爸爸每天排好日子，等着村里人请他弹唱，辛苦地去挣钱。妈妈忙操劳。两人相敬如宾，日子过得平静甜蜜。

两年后，杨柳出生了。母亲因产后大出血抢救不及时走了。父亲在母亲的坟头上守了三天三夜，在第三天的晚上，村里人都听到父亲撕心裂肺般地弹唱《忆秦娥》。

以后，每次有人请父亲的时候，喜宴他就不愿意去了，喜欢去丧宴，在丧宴上他会把《忆秦娥》弹唱一遍，把说唱的人和在场听的人感动地泪水涟涟。村里人都知道，母亲的名字叫：秦娥。

到了上学的年龄了，杨柳不愿意去上学，天天跟着爸爸后面有吃有喝，日子十分舒服，哪愿意上学呢。父亲拿着一个细竹竿，狠狠抽着杨柳，抽得十分凶猛，最后打累了抱着杨柳哭："你什么都不缺，难道还想一辈子去要饭吗？就不能做一个顶天立地的男子汉吗？"

自从那次挨打后，杨柳知道了刻苦学习。一天在放学的路上，同学们取笑他说："瞎子爹，哑巴娘，生个儿子要饭郎。"杨柳听到后十分气愤，抽起一根棍子向同学打去。

杨柳知道自己闯祸了，又要被父亲狠狠地揍上一顿。谁知道父亲抚摸着杨柳说："遇到恶狗的时候，两种办法，一个是狠狠地打，另一种办法也可以躲。"

从此后，杨柳就躲着同学们，所以很孤独。考上县城中学时候，一个班里同学们的父亲不是经理，就是什么科长，唯独他父亲是个瞎子。所以他不愿意在同学面前提到父亲。

在高三的时候，一天，杨柳正在上课，发现窗外父亲拄着棍，往教室这边走来，杨柳扭过头去，不看他，希望父亲找不到他。在一片骚动中，老师很平静地告诉杨柳："你爸爸找你。"当时杨柳恨不得地下裂个缝子钻进去。

杨柳把父亲领到偏僻处，冲父亲吼起来，"谁让你来的？"父亲摸着杨柳的手说："杨柳长大了，知道害羞了。今天是你的生日，我来给你送点东西。"杨柳看到一包包的他平时爱吃的炸蚕豆、炒花生等等。杨柳拿起包，甩开父亲的手，说："还要上课，你回去吧。"父亲说："我们到外面吃碗面条吧，一直没有机会给你煮长寿面吃。"杨柳为让父亲赶紧回去，就说："我下午还要考试，没时间。"父亲一听要考试，就说："那你赶紧回去吧，别耽误了考试。"在杨柳就要进学校的时候，被父亲喊住了，父亲递给他一包叠得整整齐齐的一块、两块的钱。

杨柳走进学校时候，突然想起从乡里到县城，那么远的路，他是怎么摸来的。杨柳为了颜面，还是狠了心回到教室。

即将高考的时候，杨柳父亲死了，当时村里下暴雨，父亲出门的时候遇到了泥石流，尸体找到的时候已经是两天后了。

父亲死后，杨柳就失学了，随村里后生们一起去南方打工了。每当孤独有雨的深夜，他就会梦见自己躺在父亲怀里看天上月亮，听他弹唱。是该回去看看父亲了，这次回去要带着全家，在父亲坟前有喊"爷爷"的了。杨柳躺着床上想着，眼泪顺着深夜向故乡走去。

"好吃嘴"的小表弟

文 / 荆斯嘉

我有一个可爱的小表弟,他的名字叫毛毛,今年两岁了。别看他年龄小,可聪明了,不过他的这个聪明劲却用在了"吃"上。"千里眼"和"顺风耳"就是他的秘密武器。

先说说他的"千里眼"吧。他有一双锐利的大眼睛,平常总爱滴溜溜乱转,无论你把食物隐藏在哪里,他都能看到。他上次来我家玩儿,刚一进门,一双"千里眼"就像雷达一样四处巡视。等他确定好目标后,便拉上我直奔厨房。原来,厨房里放着一箱刚打开的牛奶。我明知故问:"毛毛,你把姐姐拉到这里干什么?""我要这个。"他一边说一边用手指着牛奶箱。我装作不懂的样子,说:"那是什么呀?"他竟然不再理我,直接打开箱子拿出一盒牛奶趾高气扬地说:"当然是这个呀。"看来斗嘴我是比不过他了。接着表弟麻利地打开盖子如饥似渴地享受着牛奶的香甜,那双滴溜溜的大眼睛还在不停地斜视着我呢!

再说说他的"顺风耳"吧。他还有一对听力很强的耳朵,无论他正在干什么,哪怕是他睡着了,他都能听得到关于"吃"的信息。就拿昨天来说吧,当时毛毛正在津津有味地看着动画片,一双眼睛就像钉在了电视上一样。怎样逗他哪?我的脑子迅速飞转起来,对了,妈妈不是买的有面包吗?我蹑手蹑脚地来到卧室小声地说"吃面包啦!"想不到,真想不到,小表弟居然丢下精彩的动画片飞一般地跑到我跟前,着急地问:"在呢?在呢?面包在呢?"唉!真不愧是有一双"顺风耳"呀!

这就是我的小表弟,他的"千里眼"和"顺风耳"厉害吗?

农行架起亲情桥

文 / 康镇

我们在城市，老家在农村，路途虽遥远，乡情却更浓。日日夜夜思念千里之外的老家，思念着老家的山山水水，一草一木，更思念着老家的父老乡亲，骨肉至亲。是中国农业银行——为我们架起亲情的桥梁，才使得这份人世间最最美好的情感，穿越千山和万水，连接城市和乡村，传播到每一位亲人的心田。

一

我认识中国农业银行已有几年之久了。

在我记忆的最深处，每隔一段时间，爸爸妈妈都要带着我一起去一个神秘又熟悉的大厅，在里面的某一个窗口排过长长的队伍，妈妈总会把一张张钞票递进那小窗口，再在一张小纸条上写几个字，然后我们仨就不声不响地走开了。记忆中经常是在一抹朝霞的光辉中，爸爸妈妈牵着我稚嫩地小手，屁颠颠地走进去，又走出来。

那时的我正牙牙学语。每当走到这座神秘的大厅前，妈妈总会手指着正上方的那块大大的牌子，教我认上面的几个方块字：中——国——农——业——银——行。她读得是那么认真，我学得是那么流利。去一次，就学一遍，再去一次，就再学一遍，周而复始，"中国农业银行"

这六个方块字的样子便牢牢地铭记在我的心中。

那时的我还特别喜爱那块大牌子上画的一幅绿色的图画。一个太阳一样圆的圈圈，里面长着一株生机勃勃的麦穗，整个图画绿得让人感到温馨而又亲切。那会儿，刚会小跑的我，就已经把满大街跑的汽车标志认了个八九不离十。爸爸告诉我，就像汽车各有各的标志一个样，银行也是有自己的标志呀，这幅画就是中国农业银行的标志哩。

二

爸爸妈妈都出生在农村，都是在山沟沟里长大。

听爸爸妈妈讲，他们打小就上着大自然的课堂，屁颠颠地跟在父老乡亲的身后，在那乡间田野里劳作，面朝黄土背朝天，日复一日，年复一年。

长大了，爸爸妈妈考上大学了，走出了乡村，来到了大城市。他们大学里每年的学费生活费，都是爷爷奶奶和姥爷姥姥种地种菜养鸡养猪，一把泥水一把汗水，省吃俭用、辛辛苦苦地积攒下来，再赶十里八里的山路，到镇子上通过中国农业银行汇款过来的。

爸爸妈妈告诉我，为了让在城里上大学的孩子们能吃得好一点，穿得光鲜点，爷爷奶奶和姥爷姥姥从来没耽误过一次汇款，也从来没叫过哪怕一声苦。爸爸妈妈还告诉我，有许多贫困的乡里人家，上大学的孩子们太多，家里一下子交不起那么多学费，农行就成了"大救星"，发放"助学贷款"给他们，直到这些孩子们大学毕业找到工作后再来偿还，而且还一分利息都不收呢。

后来，爸爸妈妈大学毕业留在了大城市工作。他们拿到第一份工资，便兴匆匆地奔向中国农业银行，第一时间给老家的亲人们汇款回去。爸爸妈妈常对我讲，羔羊跪乳，乌鸦反哺，他们也是要报答父母的养育恩情呀！

三

渐渐地，我长大了。

我自己也有了零花钱、压岁钱。后来，我写的许多小文章陆陆续续地登上报刊杂志，于是还有了一笔笔"数额不菲"的稿费。自己手里也渐渐地有了许多"积蓄"。

俗话说，钱满为患。我的这些"家底"到底放在哪里才安全呢？装在衣兜里，怕丢；藏在卧室里，偶尔会遗忘。我着实有些犯难。好朋友们提醒我："还是存到银行吧，那里最保险。"

一提起银行，我的脑海中立即惯性思维地出现了六个方块大字：中——国——农——业——银——行！我心头豁然开朗，心中的"石头"总算是有了落脚的地方。于是，我催促爸爸给我办了一张农行卡，一刻也没有耽搁，立马把我所有的积蓄一分不漏地存了起来。这下子，我再也不用"钱满为患"，从此以后便可以"高枕无忧"了。

幸福的日子一天天过着，我也在一天天长大。每当陪爸爸妈妈去银行汇款时，我都会毫不吝啬地将自己农行卡里的钱尽可能多地取出来，交给爸妈一起汇给老家的亲人，也献上我的一份小小的孝心。

人间有大爱，农行传亲情。就这样，农行的这一端连着城市，农行的那一头接着乡村。她像一座亲情的桥梁，连接着我们的至亲和至爱。让我们如何能不感谢她、热爱她——中国农业银行！

清 明

文 / 唐宇佳

白花　香烛　黄纸
我的老祖宗
在一个沉默的世界
用过去　迎接未来

我把头低下来
我的怀念就醒了
我把心静下来
我的根就埋在这泥土里

鬼马狂想曲

蓝月亮湾

文 / 姚禹同

墨·序

海平面上已经没有了太阳的踪影,但几抹余晖依然在徘徊。天边一片灿烂的金黄,却掩盖不住身后乌云的气势汹汹。

我眺望天边,百感交集,心中像有一大堆乱七八糟的录像带,被不加过渡地放着:蓝色的海水,泉的笑脸,以及被她绛红的尾巴搅动了三个月的时光……

此刻,我想我脸上的表情一定像极了这海平面上的风景:一如既往的平静背后沉溺着一份不易察觉的无奈。

我做了一个深呼吸,努力让自己平静下来。脑海里杂乱的影像也渐渐有了头绪,剪辑成了我与泉的故事。

墨·遇

照惯例,每年冬季来临的时候,我们这个团队必须赶往南边一个遥远的营地。

经过长途跋涉以后,我们来到了目的地——月亮湾。蓝色的海水卷着白色的泡沫拍在金黄的沙滩上,耀眼的阳光灿烂着周围的一切。这无疑是一片标志着胜利与幸福的海湾,周围丰腴的草地和咸腥的海风,让大家兴奋无比。

突然有种被注视的感觉，我停住了海边的漫步，回过头，看见了不远处的泉。

泉的眼睛很清澈，周围有一圈淡金色的边，在阳光下很是显眼。绛红色的尾巴在她身后轻轻搅动着蓝蓝的海水。

被一条鱼这样盯着看也太奇怪了吧！我当场就愣了，莫名地就增添了几分自恋。我开始有意在她的周围徘徊，她依然盯着我，而且愈发地专注起来。

看着她身边来往游弋的鱼群，我感到有点迷惑。不过，我的兴趣却更加浓烈了。

她的尾巴随着海浪摇摆的节奏，一下一下快乐地甩动。

这鱼儿！因为好奇，我来到了她的身边。

"你好，认识一下好吗？"

"我叫泉，你呢？"

"我叫……"

"墨！！！你怎么离开队伍了？"是队长严厉的声音。

我急忙掉头返回。

泉在我身后喊："墨，你是我见过的最酷的……"

最后的字由于隔着太远没有听清，不过我心里很明白她要表达的意思。我心里"咯噔"一声。

这个声音，我期待已久。

墨·我

晚上，我第一次失眠。如过电般忆起了自己的曾经。

"嗒，嗒嗒……"非洲冬天的大草原仍然阳光明媚，只是风比较大，也比较冷，我和几位兄弟姐妹在寒风中啄壳欲出。

不一会儿,他们都从壳中钻出来了,唯有我只啄出了一个米粒大小的孔。妈妈轻轻地将头贴在蛋壳上,用嘴对准那个小孔,柔声说:"加油,宝贝儿,妈妈相信你能行的。对吗?亲爱的!"

这时,所有的兄弟姐妹们都围上来,你一句他一句地鼓励我。在大家的鼓励下,我用尽全力狠狠地啄了几下蛋壳,终于探出头来。

我蹒跚地从蛋壳中爬了出来。大家先是一愣,继而爆发出一阵嘲笑声。在他们眼里,我太丑了——身上黑白的花纹不但像奶牛身上的斑纹那样无序交织着,而且腿短短的,长长的翅膀无力地耷拉在地上。更奇怪的是:我的喙竟然是粉红色的!妈妈则在一旁唉声叹气说自己怎么生了个畸形儿。

为我取名叫墨。

我似乎天生就是一个用来戏弄的玩具。不仅团队里的兄弟姐妹轮流讥笑我,连丑陋无比的大河马见了我也张开大嘴乐个不停。

我在讥笑中度过了两个春秋。个子也慢慢高大起来。

因为我长相的另类,团队里没有一个愿意和我交朋友。连这片草原上最难看的雌鸵鸟见过我后也说算了算了,宁愿做一辈子快乐的剩女。

在一个没有风的夏日下午,我照例去水塘饮用盐碱水。猛然间,我看见自己在水中的倒影:如此的丑陋。多年心间的谜团被解开了。终于知道自己为什么会遭到同伴那么多的白眼、讥笑和欺侮了。

我用嘴狠狠地拨了一下水,水中倒影变得愈加奇形怪状,愈加难看了。我沮丧地一屁股坐在臭水塘边,眼中流下了一种苦苦的、涩涩的,听说叫"眼泪"的液体。

泉·我

的确,团队里有许多男生追我追得不亦乐乎,只是我没有心动的感觉。确切地说,当我失去了那段刻骨铭心的爱之后。

在我刚刚成为窈窕淑女的时候，身边就围满了众多的"粉丝"。然而我却越过茫茫的人海，看见了凌。

凌的帅气与高贵，让我不可遏止地爱上了他，却不知如何开口。

终于，我忍不住给了他一张约会的纸条，他给了我一个心照不宣的微笑。不久，我们成了众人眼里最令人羡慕的一对恋人。

欢愉让我们觉得时间总是那么的短暂。于是，我们经常偷偷脱离大家的视线，随心所欲去任何一个海域捕获美食。殊不知，厄运就这样悄悄地开始降临。

记得那天，我和凌同时被一只绛红色的海鸟追逐，心里充满了恐惧。这时，一条鲨鱼却猝不及防地冲了过来，我惊慌失措地扭身躲过。然而，凌却没有如此幸运，他和那只海鸟同时挣扎在鲨鱼的唇齿间。凌绛红色的尾巴在我眼前剧烈地甩动，我撕心裂肺地哭喊着，却不知该如何是好。

这时，让我更惊讶的事情发生了。又一道勇敢的绛红色如天空中的闪电，裹挟着愤怒疾速冲向鲨鱼的头部，用她那强壮有力的喙尖狂啄鲨鱼的眼睛。

鲨鱼从未见过这样拼命的阵势，不由得有些惊愕地松开了口。这时，我看见两道绛红色不离不弃地迅即逃离了鲨鱼的利齿。

凌趁机也逃了出来，只是英俊不再如初，身上满是流血的累累伤痕。我欢叫着准备迎上前去，凌却淡淡地看了我一眼，什么也没有说就独自游回营地。

我万分羞愧，因为刚才的手足无措和丢失的勇敢精神。

我感觉没脸面对凌，没脸面对朋友和亲人。我一个人悄悄地躲进了珊瑚礁群，心里塞满了悔恨。

过了很长一段时间，我回到了大家的身边。同时鼓起勇气准备向凌表达心中的爱与忏悔。可是，凌已和我曾经最好的朋友翠走了。

我追悔不已。没想到会以这样一种方式,失去了我最好的朋友和最爱的他。

我忘不了凌,由于愧疚开始封闭起了自己。我觉得自己没有资格去爱或者接受爱,所以此后一直以来,我都是独来独往地活着。只不过,眼前会时常不由自主地浮现那两道为了爱在一起的绛红色。

当我遇见你的那一刻起,特别是看到你那粉红色的喙,就再也无法忘记你的模样。

我不顾一切地想找你。虽然我知道这样做很莫名其妙,可我就是无法控制自己的行为。

墨·爱

泉仍然在昨天与我相遇的地方。见到我来,马上闪现出惊喜的神色。在听完对方曾经的经历后,我和泉便不管不顾徜徉在爱河里。

又是一个阳光明媚的早晨。

"墨。今天你怎么这么晚才来?"

"啊,有吗?"

"嗯。"泉一脸认真。

"比昨天晚到了一分零三秒哦。"

我当场笑抽了。

泉实在太可爱了,精灵古怪且冰雪聪明,就像是我心中的公主,娇柔而敏感。既然我爱她,就要小心呵护她易碎的心灵,不是吗?

又一天。

泉兴奋地举着一块扇贝朝我晃呀晃。我接过来一看,原来是一幅用绿色绘出的画像,上面的我栩栩如生。

阳光照在海面上。我捧着画像爱不释手。

突然发现画像会随着光线的强弱改变颜色。我很讶异！用海藻汁液画出的画竟会如此神奇。

突然，我脑子里灵光一现，有了一个想法。

起身，找泉。一番耳语。

"棒极了！"泉兴奋地跳了起来。

于是，我和她的约会变成了美术研讨会。

泉经常把她的画作给我看，让我提些修改建议。这些白色贝壳里的绿色图案，现在还看不出有什么特别。

只差一个晴日。

一连几天都在下雨，或是阴霾。

好不容易等到一个晴天——这也是我和我的团队在月亮湾能待的最后一天。

墨·离

泉似乎察觉到了我的异样。

"你今天怎么了？一整天都怪怪的。"

"明天，我就要离开了。"我的声音小到自己都听不见。

希望泉没听明白我呢喃了什么，但那只能是徒劳。

泉满眼怜惜地看着我，叹了一口气："我知道你要离开，只不过没想到这么快。"

"放心，我不会忘记你的。明年我还会来。"

泉悲怅地笑了笑："这可不一定哪！"接着又说，"墨，我觉得我们当初就不应该在一起。"

是的。我们相爱，只能说是一场意外。

下午，天终于放晴。

我帮泉把那些画好了的贝壳铺在了沙滩上。

在黄金沙滩上炙烤了一个下午的贝壳画,散发着一股烤面包的诱人香味,干了的绿色海藻汁液变成了道道斑斓。

当我帮泉把画作收拾好后,她递给了我一个完整的扇贝。

"这是什么?爱心晚餐吗?"

"不,这是一个反方向的钟。"

我打开扇贝。三根长短不一的透明鱼尾骨,打磨得很精致,泛着绛红色的光,就像……

"呀!泉!"我一把将她扯进了怀里,果然是!

看着泉残缺的尾巴,我痛心不已,不觉间已经泪流成行。

"你怎么……"

"我要是只鸟儿就好了,这天空蓝得好幸福!"泉一脸憧憬地无限感慨道。

我有些惊讶地发现那根由最长鱼骨做成的秒针,正按顺时针的方向喀喀喀地欢快走着。

"明天它就开始反着走了。三个月后又会正着走。总之,它能显示的时间是三个月——我们相知、相恋的三个月。"

我的心中,汹涌,失控。

我们约好,我离开后,她开办一个从未有过的贝壳画展。

第二天.她的画展如期举行。

泉的很多朋友和族类都前来参观。那绝妙的构思和色彩让大家啧啧称奇,只是现场不见了泉的身影。

原来,泉控制不住自己的思念,为了追上我,一直坚持游了三天三夜,从月亮湾的一端追到了另一端。

每天团队休整的时候,我都会争分夺秒地赶到海边与泉相见,与泉一起画沙。沙滩上满满的图案,虽然无一例外会被潮水准时拭去,但是我们依旧乐此不疲。每天晚上，栖息在岸边草丛里的我，都会与离海岸最近的泉互祝晚安。

然而，厄运毫无征兆地发生了。当我又一次找到泉的时候，泉却搁浅在海滩上，与几只贼鸥做着殊死争斗。残缺的绛红色尾巴迎击着贼鸥们的一次次冲击。

我不顾一切地冲上前去，驱散了这几只贼鸥。然而，我却无法驱赶死神的到来。望着眼前气息奄奄的泉，我悲痛欲绝。

当我循着泉的眼神往沙滩上看时，发现了一个硕大的沙画。画像上的我如鲲鹏般在天空中翱翔，泉依偎在我的脖子旁，一脸幸福的模样。

墨·凋

又回到了春天的草原。

然而对泉的思念让我不停地流泪。

每天傍晚，我都要站在海岸边，眺望曾经的美好。海的蓝依然，只是少了那一抹残缺的绛红。

"我要是只鸟儿就好了，这天空蓝得让人好幸福！"泉的话让我心中突然萌生了一种想法、一种欲望、一种追求——飞，像泉留给我沙画中的模样。

当这个字闪现在脑海中，我着实被自己的想法吓了一跳，我呆望着自己长而无力的翅膀好久好久。

我试图绷紧翅膀，但感觉软绵绵的，一丝力量也没有。但我还是决定学飞，为泉去感受天空中那抹幸福的蓝。

第二天天不亮，我就起来了，除了吃饭睡觉，剩下的时间一直都在扑扇着翅膀，几乎不知疲倦。

以后日日如此。

两个月过去了。我觉得自己的翅膀强壮了许多。于是，我爬上了一个土丘，想试飞。不料，还没等我来得及张开翅膀，就已经摔到了地上，鼻青脸肿。

我又一次呆住了。

随后，我找到了一棵大树，用自己的翅膀"啪啪"地拍打着大树，似乎要把多年堆积在心头的怨恨发泄在自己的翅膀上。树很粗，很坚固。我怨恨自己的无能，使尽全身力气拍打着，每打一下，一阵钻心的痛……

几个月后。

在一个阳光明媚的深秋，我爬上了当地最高的一个悬崖。悬崖上，一片枯黄的草。风卷着枯叶呼啸而过，我不禁打了几个寒颤。然而，此时的我却热血沸腾，满脸美好。

蓝色的月亮湾在崖底，依旧温柔地荡漾。

我毫不犹豫地跳了下去，死亡的讯息撕扯着我的灵魂，在记忆的天空飞翔。

记不清有了多少次顺时针和逆时针方向的盘旋，海的蓝与天的蓝在我面前混沌地交织成一片。

我眼前依然摇摆泉那绛红色的尾巴，耳中响着喀喀喀那用鱼尾骨做成的贝壳钟声，脑海里满是与泉相恋的模样。我仿佛看到了那抹幸福的蓝。

海面上溅起了一圈蓝色的涟漪，它渐次地粼粼扩散开来……

那蓝，不仅属于我和泉，还属于月亮湾。

我是一棵小草

文/王峥

"没有花香,没有树高,我是一棵无人知道的小草……"

我是一棵平平凡凡的小草。就像歌里所唱的那样,我没有花儿的芬芳清香,也没有大树的高大挺拔,可我并不寂寞,因为我的生活远比大家想象的要丰富多彩。

我的周围有不少朋友。你看,这是天生丽质的玫瑰花,风儿吹过,它便会摇摇晃晃地练习舞蹈,为我们展示它那优美的身姿!瞧,这是晶莹剔透的雨滴,从天而降的它们经常给我们讲述那神奇的天空历险记。抬起头,空中洁白无瑕的云朵,它们在给我们变魔术呢!一会儿变成了几只毛茸茸的小狗,在天上嬉戏打闹;一会儿变成了一匹威风凛凛的白马,在空中奔跑;一会儿又变成一头大狮子,在吼叫着。白云的下边,是展翅翱翔的鸟儿,它们是我最好的朋友,经常给我们带来远方的消息。今天,它们正在训练来无影去无踪的本领,据我所知,它们是为了觅食和躲避"追兵"才训练这个本领的。从我身旁哗哗流过的,是清澈见底的溪流,它总是那么匆忙,估计是谁在呼唤它或者是有什么要紧事儿吧……

虽然我们很矮小,看起来也弱不禁风,但谁也无法忽视我们的存在——我们到处都是。我们知道团结就是力量,我们手拉手,心连心,防洪、防沙、防风我们都冲在前。当暴雨肆虐、洪水咆哮,我们用根牢牢地抓住泥土，任凭风吹雨打、洪水冲刷也不能让我们屈服，当狂风来临，黄沙漫天时，我们便组成一道绿色的屏障，任凭它们怎么肆虐，怎么疯狂，我们也毫不动摇，毫不退却。

虽然我们能防洪、防沙、防风，但我们并不骄傲。因为我们深深地知道：没有大地母亲的拥抱，没有春风的吹绿，没有阳光的照耀，没有河流山川的哺育，就没有我们这些遍及天涯海角的小草。

"没有花香，没有树高"，我就是你们歌中所唱的那棵不寂寞、自信团结还不骄傲的小草。你们现在知道了吗？

假如我是克隆专家

文 / 肖海甜

今天，老师教了一篇课文，名叫《克隆的神奇》，里面讲了美国罗斯林研究所克隆出了世界上第一只克隆羊——多利。克隆就是指通过体细胞进行无性繁殖，以及由无性繁殖形成相同的后代个体组成的群体。于是，我就想：假如我是克隆专家，我就要克隆出许许多多的东西。

假如我是克隆专家，我要克隆出另一个地球。由于世界上的人口越来越多，地球再也承受不起太多的人口，另外，地球上的环境也越来越差，工厂排放出的废气会使地球的保护层——臭氧层四分五裂，人类的生存环境受到了极大的威胁。我要克隆出另一个地球，把一部分人口迁移到这个地球上去，来减轻我们地球的压力。另外，我将把我们现有的地球"修理"一遍。这样一来，使我们的地球成为环境好、污染少的新地球，人们在这样的地球上生活，简直是一种享受。

假如我是克隆专家，我要克隆出一棵棵枝繁叶茂的大树，把它们统统种到荒无人烟的沙漠里，把这些沙漠变成郁郁葱葱的绿洲，不但使那些住在沙漠周边的居民不用再担心受到沙尘暴的袭击，也给祖国增添了一道道绿色的风景线。

假如我真的是克隆专家，我要克隆出自信，我要克隆出坚强，我要克隆出……我要克隆出许许多多的东西，让它们为我们这个地球服务。

破茧成蝶

文 / 邱慧伶

题记：我是一只蚕

我是一只弱小的蚕，每天只是简单地吃着上天给予的桑叶，没有目标，没有奔头儿。一天，我看到一只蝴蝶翩翩起舞从眼前飞过，像一位美丽的仙子，扇动着耀眼的翅膀。我如痴如醉地看着她，幻想自己也可以如此。我问朋友："我能变成蝴蝶吗？"她笑着摇摇头，否定了我天真的想法。可我却坚定地相信，我觉得自己总有一天会变成美丽的蝴蝶，在空中翩翩起舞。

一、世界充满黑暗

为了实现梦想，我每天不停地吃叶子，吐丝，把自己一点点包裹，这就是作茧自缚吧。我的世界也逐渐变得黑暗，原来的阳光似乎渐渐离去，犹如一盏破碎的明灯，又似被蒙住的微光，最后我的世界从零星的光线到彻底黑暗，看不到一切。

我害怕，我彷徨，我迷茫，我不知道如何度过未来的日子，我怕自己在黑暗中慢慢死去。我被丝紧紧包裹，像被囚禁的犯人，失去了自由。我想重见光明，可发现自己做什么都是徒劳。

海伦·凯勒可以乐观积极地在黑暗中度过一生，而黑暗对我来说只是生命中的一个片段，我比海伦·凯勒不知要幸运多少倍。希望一觉醒来，我能重新看见光明的影子。

二、长风破浪会有时

不知道在黑暗中度过了多少日日夜夜，我决心不再守株待兔，我要为破茧成蝶做些事情。我努力地用头撞击着外壳，可撞击之后，茧并没有被击破。我怀疑自己，怀疑自己是否真的可以。再一次的尝试，还是同样的结果，茧依旧坚不可摧，我的一次次尝试只是徒劳。

想到蝴蝶美丽的身姿，我还是为之倾倒，我渴望自己也变成那样，猜想蝴蝶也经历过我这样的痛苦吧。我不知道如何可以快速突破这坚硬的外壳，只有一次次努力，一次次尝试。努力之后还是努力，成功可能没有捷径，唯有努力可以通往光明。

李白被贬依旧乐观，一首《行路难》振奋人心，我只是一只虫，但我也可有长风破浪会有时的气魄，努力过后，一定会有成果。

三、直挂云帆济沧海

我每天都做着同样的事情，为了破茧可以付出一切。忽然有一天我发现眼前似乎有些明亮，依稀的光芒射进我的茧壳中。那天的阳光格外灿烂，我用头顶着茧，全身向上爬动，这一次我成功了！我扑扇着翅膀出来了。

斑斑阳光洒在我的翅膀上，泛起淡淡的金光，我用力地向上飞。为了这一刻，我所做的一切的努力、所经历过的一切的黑暗都是值得的。我终于破茧成蝶成为梦想中的蝴蝶。儿时的梦不再是梦，已成现实。我不用去羡慕蝴蝶，因为我就是蝴蝶。李白可以长风破浪会有时，直挂云帆济沧海，我也同样可以。

我朝着阳光露出向上45度的微笑，向远处飞去……

后记

每个人都是一只蚕，不要放弃当年的梦想，不要怀疑自己，努力过后终有结果，总有一天会破茧成蝶，找到属于自己的一片天……

成长如同一棵白桦

文 / 万亿

成长如同一棵白桦,需经历严冬的打磨才能茁壮成长;成长如同一棵白桦,需牢握险陡的岩壁才能健康成长;成长如同一棵白桦,需经历无数的艰难险阻,才能体会到成长的味道,从而感到无比的自豪。

又是一个寒假,回到奶奶家,准备过春节。各家墙上的一张张年画,一副副对联,一个个灯笼为这严寒冷酷的冬天增加了不少生气,

勾勒出了一道美丽的新春风景线。而在奶奶家的后山，一棵白桦孤零零地生长在岩壁上，被凛冽的寒风施虐着。那是我暑假时从后山竹林里发现并拔回移植种上去的，没想到居然活了过来，我不由得感叹，多么顽强的生命力！小学时的种种暂且放在一旁，我现在只想静静地看着这白桦，一棵生命力极为顽强的白桦。

大寒，又到了一年中最为寒冷的一天。天还蒙蒙亮，寒风却已呼呼刮起，吹得窗户一开一合，刚一醒来，大雪接踵而至，刹那间，树上、屋顶上、地上就成了白茫茫的一片，我快步走出去，捧起一捧雪，不一会儿变化成了一滩刺骨的水，赶紧哈口气，暖暖手，忽然间一个影子浮现在我的大脑——白桦！快步走到树前，只看见它被猛烈的狂风吹得东倒西歪，大雪慢慢地盖过根部，爬上树枝，很快就为这棵小小的白桦戴上了一顶雪白的帽子。本就为数不多的叶子一片片掉到地上，一眨眼的功夫已被大雪完全覆盖。看着慢慢凋零的白桦，我不由得心痛地想："它能熬过这个严冬吗？会还是不会……"我的内心不停地重复着，突然间我冲上去，不断地拍打它身上的雪，虽然我知道作用不大，它终究还是要被覆盖，但我只想尽自己一点儿绵薄之力，免得将来留下遗憾！

第二天一早醒来，我首先想到的就是那棵被白雪覆盖的白桦，想起来看看它怎样了。谁知刚一坐起来，就一阵头晕，四肢无力，"坏了，感冒了！"才想起来可能是昨天在雪地待了很久而感冒了，但我依然慢慢起来走到外边，呈现在我面前的是白茫茫的一片，我硬撑着走到白桦面前，叹了口气："也许它已经枯萎了，也带走了最后一抹绿吧！"伸出手抹去树枝的一点儿雪，竟看见树枝上有一颗小小的嫩芽依然生机勃勃，我沉重的心如释重负，顾不上手冻，也顾不上感冒，快速地拍掉剩下的雪，轻轻地抚摸着那颗娇小的生命。突然间，我想起成长的点滴，不正如这棵白桦树吗？在磨难中成长，正如诗中所说："宝剑锋从磨砺出，梅花香自苦寒来。"想着想着，我一阵头晕昏了过去……醒来的时候发现自己躺在床上，旁边坐着我们一大家人，焦急地议论着什么。"我怎么了？"我无力地问道。"今早起来发现你在发烧，怎么样，没事了吧？"母亲急切地说。"啊？我一直在床上？"我呆了。"是啊，怎么了？"母亲问。"没，没事。"我支吾着，难道我只是做了一个梦？毕竟小树苗怎么可能在大雪中幸免。"我出去走走。"我边说边穿好衣服，不顾家人的阻拦跑到了后山，拍去树上的积雪，小树苗已经枯萎，但我能感觉到它没有一丝的难过，反而是无限的从容和感激。看着已经枯萎的白桦，在我心中它却已经长成了参天大树，以它为中心，方圆百里生机盎然，一片绿海代替了一片死寂。我退后两步，深深地向它鞠躬："谢谢您，白桦，感谢您带给我这宝贵的一课！"

　　缓缓离去，这萧杀的严冬并没有让我感到一丝寒冷，反而是无限的祥和、温暖，同时也让我找到了最好的老师！

致地球母亲

文 / 张楠

伟大的地球母亲，曾经当您的儿女跨入太空时，看到了你蔚蓝的身躯、轻薄的纱衣，您的容貌是多么美丽动人。可是，当我如今放眼望去时，却看到了您的千疮百孔、苦不堪言。

看，您的目光依旧温柔，眼珠却早已昏黄。一条条河流渐渐浑浊，一片片湖泊慢慢消亡。罗布泊的逝去没有给人类敲响警钟，依然我行我素的地球人，造成了水土流失，引起了草原沙漠化，奔腾不息的黄河水也沉积了万年泥沙。

看，您的衣着依旧鲜艳明丽，绿色却早已不似以往。一亩亩方田的葱茏翠绿被灰色调的城市楼房侵占，一处处草原在过度放牧的影响下变成漫天黄沙。远处的海在为您喧腾、为您哀伤。

看，您引以为傲的纱衣，被工农业污染撕开了一个大洞，不再保护您和您挚爱的儿女。一度度温度的上升，全球变暖逐渐消逝了北国千里冰封的壮丽景象。北极熊在悲鸣，在融化的冰面上、在消失的家园里。

母亲，哺育了万千生物的母亲，我们赖以生存的地球母亲，我们亲手伤害了您充满热情的心，请您告诉我们，我们该如何挽回对您的伤害？

感悟春天

文 / 姚禹同

春天，含在鸟的歌声里，是从鸟的喉咙里唱出来的；春天，冻在冬日的冰晶里，是从积雪里融出来的；春天，藏在饱胀的花骨朵里，是从枝头里绽出来的；春天，埋在深深的土地里，是被草芽儿顶出来的；春天，包在柔和的清风里，是从山林里吹出来的；春天，裹在如丝的细雨里，是从云朵中飘下来的。

春天，是万物苏醒的季节。

踏在春天的石桥上，捡起一块石头，砸向已经融化得很薄的浮冰，聆听冰龟裂的声音。走在春天的草坪上，褐色的泥土散发着芳香，上面已有星星绿色在探头探脑。随手掐下一棵草芽，轻轻一捏，嫩绿的汁液便溢了出来，被染绿的手指上，留下的是那样一股清新。

倚着柳树，迎面吹来的风混杂着花朵的沁香。这风，犹如一只温暖的大手，在抚摸我的脸颊。它与其他季节的风比起来是那样的不同：它比夏天的风凉爽得多，比秋天的风温柔得多，比冬天的风温暖得多。正是这只"手"，抚绿了杨柳，抚开了花朵，抚出了草芽，抚融了冰雪，抚皱了湖水，抚醒了动物。多么温暖的"手"呀！

不知何时，雨，悄悄地来了。它不像夏天的雨，大吵大闹地来来去去；它不像秋天的雨，总是带着一股莫名的凄凉；它不像冬天的雨，匆忙中带着几分无奈。春雨，虽说是雨，却如同烟雾，沾衣不湿，拂面不寒。难怪大诗人杜甫会用"润物细无声"这个句子来赞美春雨。

　　想到这儿，我不禁心生无限感慨：如果将一生比作一年，春天，就是青春。春天，农民播种。青春，我们学习。只有这样，才能等到收获的秋天，才能使自己活得更加光彩有力。

悬 月

文 / 袁义翔

一丝幽光弥漫在星空中，我不由自主地仰望天空。哦，此刻月光澄澈，没有一丝杂尘。我朝月亮挥挥手。那悬挂在黝黑天空的月亮，它如此的明亮，我无法靠近，只得远远仰望。

似乎有流水的声音回荡在耳际。稀疏的月光轻盈地洒下来，没有人察觉。我努力望去，月亮显得有些羞涩，只是在黑幕的天空慢慢扩散。可我已感受到了……

此刻，月亮化在黑幕的天空，如同一团水，谁都不知它是什么，只是淡淡的、缓慢的、含蓄的。它细腻的光像人的手臂，一点一点延伸。溪水清晰，树木丰茂，我语无伦次地讲述着此刻的美景，月光像是不愿意让人提起。它在水里游，在树上爬，溜到我的脚尖，如同水一样细腻、俏皮。

我看累了，就坐下来，依然望着那一轮明月。月光已经蔓延到了整个天空，它就是一面镜子，孤单地在躺在天上。没有光的黑暗想淹没它，但月亮清澈的光波照散了那些想淹没它的黑暗。

它没有层次，只是一轮光，好像在，又好像不在。天黑得如同深渊，像是一个一个不可测量的轮回，黑得有了一丝寒意，有沧桑，也有悲伤。月光幽幽，我的心不仅有了一种莫名的冲动。那月光真的会照亮黑暗吗，我好想看见那如同流水般的月光，看它细腻地伸进黑暗。月光让我真真感觉到了它的美,它是生命的光芒。

　　夜深了,光线又亮了。不再是淡淡的,一层一层地有了顺序,大概是有了稀疏的云的缘故吧。亮的光轻轻落下,接着缓缓地淌进了黑暗。黑暗像一颗珠子,接着我见到一丝光,慢慢地,像一盆水一样,洒在了天空。因为有了光,天缓缓地变得亮起来。月亮的光像消失了一样,慢慢在缩小。同时黑幕的天空也亮得有了些许斑点。天好像有了一丝意识,像浓墨化水一样显得那么奇妙。

　　刚刚的睡意一下又溜走了,我望着浅浅的月亮,天慢慢地亮了。但黑暗还在,只是浅了。黑中还有蓝,像一块玉一样,看起来很圆润。光照到了地上,月亮那婀娜的身影不见了,只有余晖还散布在黑暗的各个角落,光在一点一点扩大。我似乎闻到了余晖的气味。那光已经由幽光转变到很亮。黑暗已变得奄奄一息,不再那么深了,只是还有一点点。光像丝绸一样跑去又回来,它们中大部分在一点点扩散,黑夜变得只有一口气了。

　　临了,天已经亮了,我匆匆穿上鞋子,站在窗前……

舌尖上的椰韵

文/康镇

提起海南岛的椰子来，真可谓是无人不知，无人不晓，"椰风挡不住"啊！就连远在万里之遥的内蒙古大草原上的我，也是对椰子的大名早就如雷贯耳，对那清如泉甜如蜜的椰汁，还有那清脆可口的椰肉，更早已是垂涎三尺了。

北宋著名诗人黄庭坚曾经写过一首诗《以椰子小冠送子予》："浆成乳酒醺人醉，肉截鹅肪上客盘。有核如匏可雕琢，道装宜作玉人冠。"可见，全身是宝的椰子，自古以来就受人赞赏追捧，扬名天下了。

而今，我们慕名而来。漫步在海南省海口市的街头，随处可见那一堆堆的又大又鲜的椰子，摆在街边的一个又一个的店铺门口最现眼的地方。我们随意走进一家店铺，一问价钱，一颗大椰子才是卖5元钱。爸爸大方地一下子就买了三颗大大的红椰子。

我从来没有见到过新鲜的椰子里面到底是什么样子的。于是，当老板擒起砍刀劈椰子时，我连忙凑上前去，想看个究竟。

"莫非，椰子里全是白花花的椰子肉吗？那清如泉甜如蜜的椰子汁是用椰子肉榨出来的吗？"

正在我浮想联翩的时候，老板熟练地用砍刀刷刷刷地从椰子上砍掉了几块又白又硬的东西来，我正要拿起一块往嘴里塞时，老板笑呵呵地阻止了我：

"小帅哥，一看你就是大陆过来的，第一次吃椰子吧？刚才砍掉的只是椰子皮，椰肉和椰汁都在里面哩。"

随着老板手中砍刀的一起一落，一颗大大的红椰子最后只剩下圆圆的米白色的果子。

"咔——"，最精彩的场面出现了，随着老板最后一刀落下，椰果清脆炸响，椰子汁一下子就从砍刀的缝隙中涌了出来。

我顺着这个缝隙往里一瞅，呵，果真是名不虚传！椰果里一汪清如泉的椰汁清澈见底，四周全是白白嫩嫩的椰肉，有几块刚刚被砍掉的椰肉沉在底下，真想挖出来咬上几口呀。

我连忙从老板手中接过吸管，插在椰果上，猛吸了一大口："嗯！真是饮中之极品呀！"

等我一口气喝完了椰汁，老板把椰果一刀劈成两瓣，又递过一把勺子来："喏，自己挖着吃吧。"

我挖了一大勺子的椰肉，大口地咀嚼起来，白白嫩嫩的椰肉清脆可口，散发着浓浓的椰奶清香，吃起来真是人间美味呀！

椰肉椰汁真是美味佳肴，自打来海南的第一天起，号称"美食大家"的我，每天早晚各享受一颗美味无比的椰果。

我在海南岛的这段日子，也因为有了椰子可以享受，而过得好似神仙般的惬意欢畅。

小雨点

文 / 唐宇佳

小雨点
是大地调皮的孩子
总在想家的时候
奔向妈妈的怀抱
家——就是妈妈啊

可可西里的悲歌

文 / 党晨阳

抬头，是明净如眸的蓝天、行踪不定的白云；远望，是纯洁似玉的雪山、微光点点的初阳；回首，是苍凉壮阔的戈壁、平沙莽莽的大漠；手里，是黝黑深陷的掌纹、久转不息的经筒……在这里，盘旋低鸣的秃鹫正在找寻着残羹冷炙；在这里，正义的人们正在守护着家园精灵——藏羚羊。这里，是藏族的可可西里；这里，是中国的可可西里。

每一声枪响，便是一条鲜活的生命。

雪山上已不知死去了多少巡防队员，每一次的离别都有可能是最后的诀别。日泰珍藏着他们的相片，他们凝固的脸颊上布满仇恨的皱纹，身旁皑皑的雪地上血迹斑斑。罕无人迹的雪原，偷猎者夺去一个人的性命就像拔去一根稻草一样简单。日泰望着相册出神，也许他一开始便想到，自己既然做出这样的抉择，相册上终有一天会出现自己的照片，可他依旧继续前行。

借着漫天飞舞的黄沙，空气里弥漫着腐肉的刺鼻气味，秃鹫聚集在上空，庆祝着它们的欢宴，地上密密麻麻布满了藏羚羊的尸体，毛皮已被偷猎者剥走，只余下猩红的血肉和森森的白骨。在场的人肃立无言，静默过后，日泰先开了口："浑蛋。"他不忍再看到藏羚羊被秃鹫啄食得愈加面目全非，便烧掉了堆积如山的骸骨，围着火堆，为它们祈祷。

"可可西里"在藏语里意为"美丽的少女"。曾经的她，洁白的面纱中隐匿着一方净土，成群的牛羊流连在她的裙摆之下，袅袅炊烟，只作牛羊回家的歌谣。斗转星移，沧桑变幻，草场荒芜，牛羊绝迹，无法安身立命的牧民将目光投向世代栖息在此的古老的种群——藏羚羊。来自万里之外欧洲重金的召唤终于战胜了理智，一部分藏民拿起猎枪，对准了远处的藏羚羊。

　　善与恶并没有一个明显的界限。藏民为了生存剥羊皮，可看到重病之下的巡防队员还是毅然拿起了针管；巡防队员为了筹集物资，明知犯法却还是将收缴的羊皮卖给小贩；本该属于盗猎者一方的马占林最终告诉了记者通往生命之门的道路……

　　干净的白布裹上日泰伤痕累累的遗体，他的初心仍未改变："你杀了我的羊子。放下枪，跟我走。"这句话也终将随着他的生命没入血红的长夜。

　　失去的藏羚羊，总有一天会回来的。亦如照亮世界的白昼，乌云即使又厚又密，也无法阻挡光明给人们带来的美好与温暖。

　　可可西里并不是十全十美的人间天堂，那里有杀戮，有贪欲，有金钱，有利益。面对中国版图，向西南方摸索着，仿佛仍能触到可可西里那野性的目光、神秘的微笑，以及那自然的召唤与对人性回归的渴望。

家乡素描

太湖的故事

文 / 如风

我独坐在去杭州的列车上。

我非常喜欢乘火车，喜欢坐在窗口看着窗外稍纵即逝的风景，人生就是这样的一种感觉，没有一个地方能够长久地留在你身旁，都如窗外渐渐后退的风景一般。

很少有这样的冲动了，想做就去做。十一点醒来，刚开机，便接到王孟敢的电话，邀请我到湖州玩，这几天我的精神确实是受了点刺激，有许多问题总是困扰着我，想不通。也许太湖的水会洗净我的郁闷，于是洗了衣服，收拾了行装便开始了我到上海之后的第一次旅行。

昨晚凌晨一点多才睡，辗转反侧，梦到了许多人，最清晰的印象是外婆，梦见外婆坐在炕头上为我缝衣服。所以，在车上，我美美地补了一觉。

到了杭州，被告知到湖州要去汽车×站乘车，杭州人很热情地指给了我一辆车，终点站就是×站。当时正是上班高峰时期，很堵，坐了一个多小时的车才到达×站，才知道原来不只是上海会堵车。

到达湖州时，已是晚上七点多。王孟敢来接我。

与孟敢的相识是在从哈尔滨到上海的列车上。去年我大学刚毕业，到上海找工作的途中，买的是硬座，三十多个小时，极为难捱。过了山海关，天气渐渐热起来，我们那节车厢空调坏了，像一个烘干机，烘得我们连汗都没有了，只剩下热，只觉得闷。孟敢就坐在我对面，他很瘦小，脸部骨骼奇巧，不像北方人那样平整有序。晚上睡觉时，他竟拿了一块塑料布铺在座位下面，躺了就睡，使我钦羡不已。女孩子是不可以这样做的，既不安全，也容易着凉。

第二天，在对他表达了佩服之情后，我们攀谈起来。他说他是温州人，刚考上大学，这次是去哈尔滨看哥哥，他哥哥就在国贸地下做服装生意。

"姐姐，我不想上大学了。"

"什么？这，这年头不上大学能做什么？"

"我想做生意，像哥哥一样。"

"大学毕业以后，再做也不迟。"

"我们家乡的人几乎没有上大学的，很多比我更小的都去做生意了，我不想落下。"

当时，我无法表达我的惊讶，直至现在我也想不通。果然，去年底，孟敢就打电话说他退学了，在江苏织里镇上货，发到哈尔滨去，让哥哥卖。

他的奇异的举动也使得我迫切想与他见上一面。我当时是想不通的，家里人都认为大学是农村孩子的唯一的出路。

我们在织里镇一家东北菜馆吃了饭，他谈了很多关于他的童装的生意，并说这几年经营很惨淡。我们都意识到这的确是一个知识经济的时代，个体经营致富的花样年华已经远去了。

我问他是否后悔没有完成学业，他说不，他会坚持下去，生意是一辈子的事情。

晚饭后，我们在织里随便逛了逛。织里号称中国童装第一乡，到处都是服装厂，家家都有作坊。小镇不大，有点凌乱，但很热闹。东北人特别多，大都是来这里发货的。

孟敢带我去一家小店，说他就住在这里。这家小作坊与其他的没什么两样，狭小的屋子里放了几台缝纫机、锁边机什么的。屋里到处是布，墙边立着成捆的布，机器上放着裁过的布，旁边的箱子里堆着做好的衣服裤子，地上是零碎的布头，连空气里都散发着布的味道。

我拎起一条最平常款式的裤子，问多少钱。

"三块。"

"三块！？有三块钱的裤子！"

我简直不能想像我惊讶的表情，我没买过童装，不太懂，但至少，这条裤子在哈尔滨要卖二十块，若贴上标签可能要买七、八十块了。

我们找了一家小旅馆，才20块钱。这个房间里有三张床，上面铺着薄薄的被褥，在昏暗的灯光下，显得有些清冷，房间里的一股霉味冲刺鼻孔，脏乱的地面上，一堆烂布头摆在墙边，有一台破电视，两个盆子，别无其他。这大概是平生睡过的最糟糕的房间。

刚躺下，听到走廊里有吵闹声，并伴有女人的哭泣声，我躲在被窝里不敢出来，忽地又想到什么，又连忙起来，将电视下面的柜子搬到门后，反锁了，将盆子灌满水也抵在门后，才稍微放下心。

迷蒙中，睡着了，一早被嗡嗡的蚊子吵醒，一巴掌拍在自己的耳朵上，把自己打醒了。

我们走到了太湖岸边，来的时候比较冷清，因过了旅游季节，湖边虽停了一些船，但极其破旧。有几艘是家居式的，有几艘是乌蓬船，还零星有几艘汽艇。我们上了家居船，当地人称为水泥船，船上的家居用品一应俱全。上船时还听到电话的铃声，船舱里放着打来的鱼虾。一位太湖女子在水里洗衣服。我们问他们是否到湖中心去，他们说要两个小时后，我们又问了几个人，碰巧过来一条鱼船，要去捕鱼，我们就搭了船去。

我在船头，感受着太湖的气息。湖水上四处飘荡着水藻，到处都有很多当地渔民撒的鱼网，围了一个又一个好大好大的圆。湖水泛着微波，承载着我们。天有点阴，四面白茫茫一片，置身其中，恍若人间天上。

船家的两个可爱、善良的小女孩微笑着望着我们，对于她们来说，我们是两个远道而来的不速之客。我举起相机，为她们留下了憨厚的笑容。

到了船家的捕鱼区，他们开始忙于撒网，船主很娴熟地熄了火。姐姐撑了根竹竿，将船固定住，妹妹灵巧地为他们传递所需工具，他们拿起堆在船上的厚厚的网开始抛入湖中，然后轻轻地拉开，仿佛开了一个专用的航线。不一会儿，网便全部撒入。他们又向前开，开始收他们几天前撒下的网。

很快，鲜活的鱼虾都被盛在了盆中。哇，这是我平生第一次亲见从湖中打捞鱼虾，那些活蹦乱跳、妄想挣扎的活物们，全部被她们无情地抛进了船舱的网中。我也想过去凑个热闹，但不大敢抓，这对于自小生长在北方的我有些为难，抓住哪个部位不会被它们伤到呢？妹妹告诉我抓住虾头。我试着去捏那些个晶莹剔透的小白虾，油滑清凉，如婴儿的肌肤一般。接着，我又抓了一只大虾，天，它的爪子竟还紧捏着一只小虾和小鱼，我试图解救那可怜的小东西们，但大虾竟死死地抓住不肯松爪。唉，这个黑心的家伙，怎么跟帝王将相一样，死到临头还想找人殉葬。

船家姓王，世代捕鱼为生，每天都会出来捕鱼，然后卖给专门收购的人，两个女儿也都弃学来帮忙，一家三口捕鱼为乐。妹妹很慷慨地拿出新鲜的菱角给我们吃，这菱角我在北方没有见过，颜色灰黑，呈牛角状，掰开来，果肉晶莹圆润，粉里透白，煞是好看，吃起来似栗肉一般，异常鲜美。

太阳终于透过云层，宠幸了我们，湖水霎时波光鳞鳞，无比耀眼，给湖中的船增添了几分妩媚，给船中的人增加了几分姿色。

　　傍晚，我们在高速公路上拦着一辆直达上海的卧铺车，我与温州弟弟王孟敢道别了，从此竟再未见过。我们的手机号码都是一变再变，我试图打过几次，都没能联络上。我想，如今，他一定是个成熟的商人了。

记忆中的故乡仲夏夜

文 / 匡金火

在童年的记忆里，故乡的夏夜最美丽、最难忘。

晚霞收去最后一束光线，天色渐渐暗了下来。炊烟从庄户人家厨房里袅袅升起，又随风飘散。在村庄周边田野里劳作了一天的人们好像闻到了晚饭的味道陆续开始收工，有的赶着耕牛，有的背着农具，疲惫地朝田埂地头走去。"日头落，狼下坡，放牛孩少了一只脚"，牧童悠扬的歌谣和牛羊哞哞咩咩的叫声交织在一起，形成了独特的大合唱。夜幕降临了，村庄像一台高速运转后停下来的机器，慢慢平静了下来。这时多数人家的晚饭还没有做好，用竹叶或薄荷熬成的大盆凉茶已经放到了院里的桌子上，又热又渴又累的人们并不急于吃晚饭，他们需要喝茶补水，消除暑热，待稍事休息后从容地吃上一顿如意的晚饭，周身的疲劳就会消退一半。

仲夏夜孕育着生机与活力，黑夜是时空的另一种存在形式，夜里的各种生命在按照自然界的法则潜滋暗长着。原野里、山冈上小草的嫩芽长成了茎叶，野花一茬接着一茬开放，田野里生机勃勃的禾苗趁着夜色在悄悄地吸纳着天地精华，玉米在拔节，芝麻在开花，露珠在庄稼的枝叶上滚动……习习的晚风为纳凉的人们送来了凉爽，也送来了庄稼和野草的清香。村头的家犬不知疲倦地转悠着，时不时地发出了汪汪的叫声。怪不得乡亲们说，猫狗是一口（人），养只狗就等于多了一只耳朵。

池塘边大树下反刍的老牛喘着粗气，晃动着系在脖子上的铃铛，发出清脆的声响；小河边，虫鸣和着蛙叫，高低音此起彼伏。山村的夜，静谧中蕴含着生长的力量和生命的回声。

故乡的仲夏夜孕育着情趣与欢乐，虽然没有城市里夜晚的霓虹灯和歌厅酒吧，但夜生活并不单调，他们带有乡村泥土气息的自得其乐的方式，像开在山野的小花，具有异样的芬芳。吃过晚饭，是乡亲们一天中最放松的一段时间。纳凉的人一般分成三组，男人们光着膀子，夹个枕头，一手抓个凉席，一手拿着扇子，三三两两地朝村头通风处走去。闲聊的话题从庄稼的长势扯到牛羊的行情，从王莽撵刘秀扯到三国演义。有点文化的侃侃而谈，没有文化的听得投入，言谈中有时也闹出关公战秦琼之类的驴头不对马嘴的笑话，但这并不影响所讲的效果；老人们有的领着孙辈到村边草丛中捉萤火虫，有的扯着小孙子遥望星空，指着银河讲着牛郎织女的爱情故事。"青石板、板石青，青石板上钉银钉"，有几个稍大一点的孩子挣脱老人牵着的手，和小伙伴们一起唱着歌谣，做着游戏。女人们在晚饭后并不远去，多是聚在哪个宽敞的院子里，聊着儿女情长的话题，你一言我一语，有说有笑，颇为热闹。直到夜静了，凉快了，人们才一一离去。

仲夏夜孕育着梦想和希望。记得小时候，母亲给我们讲得最多的就是关于月亮的故事，县城和镇子上的故事。母亲说，月亮上面有一个漂亮的姐姐，她养了一只好玩的小兔子。弟弟说，我也想到月亮上跟姐姐一起喂小兔。母亲说，别着急啊，等你长大了就能去啦！我也好奇地问母亲，啥时候公路能修到咱村啊？母亲说，等你长大就行了。是啊，梦想为国家、乡村和家庭的发展插上了腾飞的翅膀，多少美丽的梦想都一一变成了现实。多梦的乡亲已经把家庭的梦、山村的梦融入到了我们民族的梦之中，他们正怀揣着梦想、和着时代的节拍，豪迈地行进在圆梦的大道上！

科学的人生观

文/胡适

今天讲的题目,就是"科学的人生观",研究人是什么东西,在宇宙中占据什么地位,人生究竟有何意味。因为很多少年近来觉得很烦闷,自杀、颓废的都有,我相比较至少多吃了几斤盐、几担米,所以来计划计划,研究人自身的问题。至于人生观,各人不同,都随环境而改变,不可以一个人的人生观去统理一切;因为公有公理,婆有婆理,我们至少要以科学的立场,去研究它,解决它。

"科学的人生观"有两个意思:第一拿科学做人生观的基础,第二拿科学的态度、精神、方法,做我们生活的态度、生活的方法。

现在先讲第一点,就是人生是什么?人生是啥物事?拿科学的研究结果来讲,我在民国十二年发表了十条,这十条就是武昌有一个主教,称为新的《十诫》,说我是中华基督教的危险物的。十条内容如下:

(一)要知道空间的大。拿天文、物理考察,得着宇宙之大;从前孙行者翻筋斗,一翻翻到南天门,一翻翻到下界,天的观念,何等的小?现在从地球到银河中间的最近的一个星,中间距离,照孙行者一秒钟翻十万八千里的速率计算,恐怕翻一万万年也翻不到,宇宙是何等的大?地球是宇宙间的沧海之一粟,九牛之一毛,我们人类,更是小,真是不成东西的东西!以前看得人的地位太重了,以为是万物之灵,同大地并行,凡是政治不良,就有彗星、地震的征象,这是错的。从前王充很能见得到，说："一个虱子不能改变那裤子里的空气，和那人类不能改变皇天一样。"所以我们眼光要大。

（二）时间是无穷的长。从地质学、生物学的研究，晓得时间是无穷的长。以前开口五千年，闭口五千年，以为目空一切；不料世界太阳系的存在，有几万万年的历史，地球也有几万万年，生物至少有几千万年，人类也有二三百万年，所以五千年占很小的地位。明白了时间之长，就可以看见各种进步的演变，不是上帝一刻可以造成的。

（三）宇宙间自然的行动。根据了一切科学，知道宇宙万物都有一定不变的自然行动。"自然自己，也是如此"，就是自己自然如此，各物自己如此的行动，并没有一种背后的指示，或是一个主宰去规范他们。明白了这点，对于月食是月亮被天狗所吞的种种迷信，可以打破了。

（四）物竞天择的原理。从生物学的知识，可以看到物竞天择的原理。鲫鱼下卵有几百万个，但是变鱼的只有几个；否则就要变成"鱼世界"了！大的吃小的，小的又吃更小的，人类都是如此。从此晓得人生不受安排，是自己如此的行动；否则要安排起来，为什么不安排一个完善的世界呢？

（五）人是什么东西。从社会学、生理学、心理学方面去看，人是什么东西？吴稚晖先生说："人是两手一个大脑的动物，与其他的不同，只在程度上的区别罢了。"人类的手，与鸡、鸭的掌差不多，实是他们的弟兄辈。

（六）人类是演进的。根据了人种学来看，人类是演进的；因为要应付环境，所以要慢慢地变；不变不能生存，要灭亡了。所以从下等的动物，慢慢演进到高等的动物，现在还是演进。

（七）心理受因果律的支配。根据心理学、生物学来讲，心理现状是有因果律的。思想、做梦，都受因果律的支配，是心理、生理的现象，和头痛一般；所以人的心理说是超过一切，是不对的。

（八）道德、礼教的变迁。照生理学、社会学来讲，人类道德、礼教也变迁的。以前以为脚小是美观，但是现在脚小要装大了。所以道德、礼教的观念，正在改进。以二十年、二百年或二千年以前的标准，来判断二十年、二百年、二千年后的状况，是格格不相入的。

（九）各物都有反应。照物理、化学来讲，物质是活的原子分为电子，是动的。石头倘然加了化学品，就有反应，像人打了一记，就有反动一样。不同的，只在程度不同罢了。

（十）人的不朽。根据一切科学知识，人是要死的，物质上的腐败，和猫死狗死一般，但是个人不朽的工作，是功德：在立德，立功，立言。善恶都是不朽。一口痰中，有微生物，这菌能散布到空间，使空气都恶化了；人的言语，也是一样。凡是功业、思想，都能传之无穷；匹夫匹妇，都有其不朽的存在。

我们要看破人世间，时间之伟大，历史的无穷，人是最小的动物，处处都在演进，要去掉那小我的主张，但是那小小的人类，居然现在对于制度、政治各种都有进步。

以前都是拿科学去答复一切，现在要用什么方法去解决人生，就是哪样生活？各人有各人的方法，但是，至少要有那科学的方法、精神、态度去做。分四点来讲：第一点是怀疑。三个弗相信的态度，人生问题就很多。有了怀疑的态度，就不会上当。以前我们幼时的知识，都从阿金、阿狗、阿毛等黄包车夫、娘姨处学来；但是现在自己要反省，问问以前的知识是否靠得住……

第二点是事实。我们要实事求是，现在像贴贴标语，什么打倒田中义一等，都仅务虚名，像豆腐店里生意不好，看看"对我生财"泄闷一样。又像是以前的画符，一画符病就好的思想。贴了打倒帝国主义，帝国主义就真个打倒了吗？这不对，我们应做切实的工作，奋力地做去。

第三点是证据。怀疑以后，相信总要相信，但是相信的条件，就是拿凭据来。有了这一句,论理学诸书,都可以不读。赫胥尔的儿子死了以后,宗教家去劝他信教,但是他很坚决地说,"拿有上帝的证据来。"有了这种态度,就不会上当。

　　第四点是真理。朝夕地去求真理,不一定要成功,因为真理无穷,宇宙无穷;我们去寻求,是尽一点责任,希望在总分上,加上万万分之一。胜固是可喜,败也不足忧。明知赛跑,只有一个人第一,我们还要跑去,不是为我为私,是为大家。发明不是为发财,是为人类。英国有一个医生,发明了一种治肺的药。但是因为自秘,就被医学会开除了。

　　所以科学家是为求真理。庄子虽有"吾生也有涯,而知也无涯,以有涯逐无涯,殆已"的话头,但是我们还要向上做去,得一分就是一分,一寸就是一寸,可以有阿基米德氏发现浮力时叫 Eureka 的快活。有了这种精神,做人就不会失望。所以人生的意味,全靠你自己的工作;你要它圆就圆,方就方,是有意味;因为真理无穷,趣味无穷,进步快活也无穷尽。

名著伴我成长

文 / 翟阳

名著是人类文化的精华，阅读名著，如同与大师们携手共游，可以增长知识，启迪智慧，陶冶情操，提高语言表达能力和人文素养，使我们的生活丰富多彩。

在我的生活中，一直都有名著在我身边伴随我的成长。最近刚刚读完古希腊民间故事《伊索寓言》，里面的三百多个小故事内容丰富，充满了智慧和哲理，故事多写动物与动物之间的事情，也有部分是写人的。书中的故事反映了当时社会现实中统治者的残暴和蛮横，也有小人物凭智慧战胜强敌。读《沉船落难的人》让我明白我们在遇到困难的时候，需要外力的帮助，更需要自己想办法，有所作为。《农夫和蛇的故事》告诫我们对恶人千万不可以心慈手软……每一个寓言故事中都蕴涵着很深的道理，给人一些启示，使人有所感悟。

阅读《伊索寓言》让我们明辨是非，懂得善恶，使我们的道德更加高尚，它告诉我们应该如何做人，应该如何对待他人。《伊索寓言》中每个故事的结尾那句简短却含义深刻的话，告诉我们怎样面对生活中的点点滴滴。

我读过的诸多名著中，对我影响最大的是意大利作家亚米契斯的作品《爱的教育》。书中一个个关于爱的故事给我留下的印象很深很深，里面的每个故事都很感人。从这本书中我懂得了什么是真正的"爱"，学会了去孝敬父母，坦诚待人，在学校里尊敬师长，在社会中尊老爱幼，和朋友们在一起，相互帮助。

我目前正读的是我国四大名著之一的《三国演义》，里面的人物个个都是英雄豪杰，其中我喜欢有勇有谋的赵云、神机妙算的诸葛亮……书中那些栩栩如生的鲜活人物，把我们带入那个刀光剑影、鼓角争鸣的年代。

我爱名著，因为读名著让我的生活充实。人们经历的一些事情，随着时间的推移，渐渐远去，读名著让我们重新感受那些值得纪念、值得回味的东西，有些情节会牢牢地刻在我们心中，启迪我们的思想，让我们受益终身。我会读更多的名著，让名著来陪伴我的成长！

红颜本无罪

文 / 尹宗国

"鼎湖当日弃人间，破敌收京下玉关，恸哭六军皆缟素，冲冠一怒为红颜。"这是清初诗人吴伟业在《圆圆曲》中的句子，写的是明末大将吴三桂为了爱妾陈圆圆，不顾民族大义而毅然引清兵入关的事。此诗一出，迅即传唱天下。据说唱得大汉奸羞惭无地，整日坐卧不安，便派人携重金前往诗人家中游说，请求梅村先生修改诗句，但遭到断然拒绝。于是，历史的耻辱柱上多了吴三桂三个字，却也牵连了陈圆圆这名无辜的弱女子。

说起吴三桂这个人，也算得上名人了。他的出名，并非因为他有盖世才华倾动古今，更不是因为他有什么杰出成就，仅仅因为他把清兵引进山海关内，并充作了消灭李自成农民起义军和明朝残余力量的急先锋，这几件事他都干得很卖力气，因而成为清朝的"平西王"。然而就在天下已定四海归一的时候，他又扯起"复明"的旗号造反，自封的头衔是"大周皇帝"，不料没到半年就一命归西，不但于九泉之下无颜见明朝君父，亦愧对清朝的皇恩浩荡，"晚节不保"地成为乱臣贼子，同时成为中国历史上为数不多的另类名人。

对于吴三桂的开关乞师，史书早有定论。但他降清的真正原因，一直以来却众说纷纭，比较著名的说法是因爱妾陈圆圆被夺。据《平吴录》和《吴三桂请兵始末》等书记载，吴三桂本来是准备投顺李自成的，他已接受了闯王代表送去的四万两银子。可是行至滦州时，听说爱妾陈圆圆被起义军大将刘宗敏夺占，当即怒不可遏，拔出佩剑砍断桌案，觉得握有重兵却难护佑一个女子，有何面目存活于人世？于是赌气开关降清，乞师雪恨，演了一场"恸哭六军皆缟素，冲冠一怒为红颜"的千古儿戏。

然而，后世学者不少人对此持有异议。论者以为，吴三桂对陈圆圆的感情深厚无可怀疑，但他作为守边大将，必然深知军国大事的重要，怎会为一小妾而冒千古骂名？关内关外美女如云，有权势者可任意挑选，又怎能为一歌妓而下这么大的赌注？不过，他开关降清后，一面追歼农民起义军，一面根除南明政权，穷凶极恶地坐上了中国历史上头号汉奸的交椅，却是不争的事实。

后来，他慢慢集聚自己的力量，在自以为羽翼丰满时终于亮出了反叛的旗帜，可是，他错误地估计了当时的形势，清廷入主中原已近三十年，人心思治，不愿再乱。他那种"乃思窃帝号自娱"的大型闹剧，只能满足一下虚荣心而已，毕竟不能使社会倒退。所以，他折腾了没几年，最终彻底走向毁灭。

纵观吴三桂的一生，既不能说他真正愿意投降清朝，也不能说他想恢复明朝，他的一切策略和目的，似乎只是为了保存自己的实力，争取割据一方，然后慢慢扩充力量，最终目的是要取得天下，想要自己当皇帝。不幸的只是陈圆圆，在朝代更迭的关键时刻，凑巧成了吴三桂勇为汉奸的借口。而从历史的深处看，纵使没有陈圆圆之事，吴三桂或许一样会降清，李自成的农民起义军一样难逃败灭的命运。

红颜本无罪，兴亡自有因。其实，陈圆圆作为一名歌妓，在这场大型悲剧中是没有任何决定权的，甚至连她自身的命运也是掌握在几个男人手里，怎能将她拉扯到历史的审判席上呢。只是，历来这样的，中国古代的王朝衰亡，常常把责任推在几名女子身上。商纣王的败亡，据说是因为妖姬妲己的迷惑。而接管他的西周王朝，一个历经数百载朝代的覆灭，最后居然被归结到褒姒的红颜一笑上，实在是让人对美丽女子不得不满怀敬畏。

读《身虽断，爱未绝》有感

文 / 尹傑

《身虽断，爱未绝》是一篇有关地震的文章，文章讲述了一位21岁的女教师向倩为救学生而光荣牺牲的感人事迹。这让我联想到了前不久学习的课文《最后的姿势》，想到了课文中的谭千秋老师张开双臂，保护学生的动人场景。今天，我又认识了一位伟大的教师——向倩。

向倩老师任教于什邡市龙居小学，是一位英语教师。她为人和蔼可亲，与学生们相处融洽，学生们亲切地称她为"小向姐姐"。从这亲密的称呼中，我看出了学生们对向倩的喜爱，以及向倩给学生们留下的好印象。

一天，地震突然袭来，向老师一面催促学生们逃离，一面抱起3名跑得慢的学生向门口冲去……可已经来不及了，转瞬间，教学楼化作一片废墟，一阵阵尘埃腾空而起……读到这，我的心不禁颤抖起来，为那3名学生和向倩老师捏一把汗……

过了许久，当救援人员从向老师身上搬走最后一块水泥板时，所有在场的人都惊呆了：向老师的身体已被压成3截，血肉模糊……她抱着的几位学生虽然已经死了，但向老师的伟大精神感染了在场的所有人，催人泪下，军兵们恭恭敬敬地向他们行起了军礼。

……

看完故事，我的脑海中浮现出向老师正在疏散学生、带领学生逃离、不顾自我的感人场面，体会到向老师先人后己的崇高品质，我想对向老师说："向老师，您用爱支撑希望的蓝天，用灵魂昭示灿烂的阳光，您的伟大形象永远留在我们心中！"

《大学》的故事

摘编 / 汪冬冬

夏、商、周时代，社会兴旺发达，人们对生产、生活法则的认识，以及在社会生活典章制度的建立等方面都积累了丰富的经验，逐渐达到了比较齐备的程度。在这样的基础上，为了传承这些经验，从王宫到国都以及普通街巷，无不设立学校。8岁的孩子，上自王公的子孙，下至老百姓的子弟，都要进入小学学习。小学教学的内容是：日常生活、待人接物的基本礼节礼仪、音乐、射箭、驾车、识字、计算等基础知识和基本技能。待孩子长到15岁时，再进入大学学习穷尽事理、端正本心、修养自身、管理人的原则和方法。

学校的设置是如此广泛，教学方法的次序和内容是如此详细分明，而所教的内容，都是人君亲身经历的经验、教训和心得，不要求学习人民群众日常生活规则和伦理之外的知识。正因为如此，当时这些学习的人，没有不明白自己所应当做和不应当做的，这样各人就能埋头尽力来做好自己应该做的事情。

到了东周时期，周王室衰微，渐渐失去了对诸侯的控制能力。诸侯虽然是周王室的臣属，但在其自己的领地内却是国君，拥有用人、财政、军事等方面的独立大权。于是，一些诸侯势力强大之后，便不再服从周王室的命令，维护封建宗法等级制度的"周礼"遭到极大破坏，诸侯争霸，社会处于动荡之中。

由于社会内部不可调和的矛盾引起的深重危机摇撼了传统文化的权威性，对传统文化的怀疑与批判精神与日俱增，上述学校的教学体制不能推行，教化随世事而变迁，风俗也颓废败坏。在这样的时代，出现了一个像孔子这样的圣人，却得不到君师的地位来推行他的政教学说，于是孔子就独自开设私人学校，仿效先王之法，招收弟子习读《诗》《书》和历史文献，把先王之道传授给弟子。

孔子认为，先王之道的宗旨在于弘扬人们光明正大的品德，使人达到最完善的境界。人们只有知道自己应该达到的境界，才能够志向坚定地走下去；志向坚定了便能够清静安心、思虑周详地去实现自己的目标。任何事物都有根本有枝末，有开始有终结，明白了这本末始终的道理，就接近事物发展的规律了。

而身为一国之主的君王要达到这个"道"，有8个具体步骤，即"格物""致知""诚意""正心""修身""齐家""治国""平天下"。其中每一个都以前一个为先决条件，而"修身"是其中最根本的具有决定意义的一步，前四个是"修身"的方法途径，后三个是"修身"的必然结果。

一天，孔子正在给弟子们讲课时，一个弟子向孔子请教："老师，您为什么说要想平定天下，首先就要治理好自己的国家；而治理好自己的国家，却要先管理好自己的家庭和家族；而要想管理好家庭和家族，得先要修养自身呢？"

孔子回答说："这是因为人们对于自己亲爱的人会有偏爱；对于自己厌恶的人会有偏见；对于自己敬畏的人会有偏向；对于自己同情的人会有偏心；对于自己轻视的人会有偏意。因此，世上很少有人能喜爱某人又能看到那人的缺点，厌恶某人又能看到那人的优点。所以有谚语说：'人都不知道自己孩子的缺点，都不满足自己庄稼的茁壮。'这就是不修养自身就不能管理好家庭和家族的道理。

"之所以说治理国家必须先管理好自己的家庭和家族,是因为不能管教好家人却能管教好别人,是没有的事。所以,有修养的人在家里就可以实施治理国家方面的抱负:对父母的孝顺可以用于侍奉君主,对兄长的恭敬可以用于侍奉官长,对子女的慈爱可以用于统治民众。

"《诗经》说:'桃花鲜美,树叶茂密,这个姑娘出嫁了,让全家人都和睦。'让全家人都和睦,然后才能够让一国的人都和睦。《诗经》说:'兄弟和睦。'兄弟和睦了,然后才能够让一国的人都和睦。《诗经》说:'容貌举止庄重严肃,成为四方国家的表率。'只有当一个人无论是作为父亲、儿子,还是兄长、弟弟都值得人们效法时,老百姓才会去效法他。这就是要治理国家必须先管理好家庭和家族的道理。

"之所以说平定天下要治理好自己的国家,是因为:在上位的人能做到尊敬老人,老百姓就会效仿他而孝顺自己的父母;在上位的人能做到尊重长辈,老百姓也会效仿他尊重自己的兄长;在上位的人能做到体恤救济孤儿,老百姓也同样会跟着去做。所以,品德高尚的人总是以身作则,会实行推己及人的'絜矩之道'。

"那么,什么是'絜矩之道'呢?比如,你如果厌恶上司对你的某种行为,你就不要用这种行为去对待你的下属;如果你厌恶下属对你的某种行为,你就不要用这种行为去对待你的上司;如果你厌恶站在你前面的人对你的某种行为,你就不要用这种行为去对待在你后面的人;如果你厌恶在你后面的人对你的某种行为,你就不要用这种行为去对待在你前面的人;如果你厌恶在你右边的人对你的某种行为,你就不要用这种行为去对待在你左边的人;如果你厌恶在你左边的人对你的某种行为,你就不要用这种行为去对待在你右边的人。这就叫作'絜矩之道'。"

弟子又问:"老师,为什么说修养自身,首先要端正自己的心思呢?"

孔子说:"这是因为心里有愤怒就不能够端正心思,同样,心有恐惧、心有喜好、心有忧虑也都不能够端正心思。心思不端正就像心不在自己身上一样：虽然在看，但却像没有看见一样；虽然在听，但却像没有听见一样；虽然在吃东西，但却一点也不知道是什么滋味。所以说，要修养自身的品性必须要先端正自己的心思。"

弟子又问："老师，为什么说端正心思，必须要意念真诚呢？"

孔子说："意念真诚的意思是说，不要自己欺骗自己。品德低下的人在私下里无恶不作，一见到品德高尚的人便躲躲闪闪，掩盖自己所做的坏事而自吹自擂。殊不知，别人看他们，就像能看见他们的心肺肝脏一样清楚，这样做有什么用呢？这就叫作内心的真实一定会表现到外表上来。所以，品德高尚的人在一个人独处的时候也一定要谨慎小心。"

最后，孔子语重心长地对弟子们说："要想使自己的意念真诚，首先就要使自己获得知识；而获得知识的途径在于认识、研究万事万物。通过对万事万物的认识、研究后才能获得知识；获得知识后意念才能真诚；意念真诚后心思才能端正；心思端正后才能修养品性；品性修养后才能管理好家庭和家族；管理好家庭和家族后才能治理好国家；治理好国家后天下才能太平。上自国家元首，下至平民百姓，人人都要以修养品性为根本。若这个根本乱了，家庭、家族、国家、天下要治理好是不可能的。不分轻重缓急，本末倒置却想做好事情，也同样是不可能的！"

孔子提出从天子到庶人"皆以修身为本"，每个社会成员特别是统治者道德修养的好坏决定着社会的治乱。孔子反对统治者贪得无厌、不择手段地聚敛财货，提出"德者本也，财者末也""财聚则民散，财散则民聚""货悖而入者，亦悖而出"。

一日，有位弟子向孔子请教："老师，为什么说德行是根本，财富是枝末？"

孔子说："品德高尚的人首先注重修养德行。因为有德行才会有人拥护，有人拥护才能保有土地，有土地才会有财富，有财富才能供给使用。所以说，德是根本，财是枝末。假如把根本当成了外在的东西，却把枝末当成了内在的根本,那就会和老百姓争夺利益。所以,君王聚财敛货,民心就会失散;君王散财于民,民心就会聚在一起。这正如你说话不讲道理,人家也会用不讲道理的话来回答你;财货来路不明不白,总有一天也会不明不白地失去。"

弟子又问:"老师,为什么说一个人即便没有什么才能,只要有德就可以做大臣呢?"

孔子说:"《秦誓》说:'如果有这样一位大臣,忠诚老实,虽然没有什么特别的本领,但他心胸宽广,有容人的肚量。别人有本领,就如同他自己有一样;别人德才兼备,他心悦诚服,不只是在口头上表示,而是打心眼里赞赏。用这种人,是可以保护我的子孙和百姓的,是可以为他们造福的啊!相反,如果别人有本领,他就妒忌、厌恶;别人德才兼备,他便想方设法压制、排挤,无论如何容忍不得。用这种人,不仅不能保护我的子孙和百姓,而且可以说是危险得很!'因此,有仁德的人会把这种容不得人的人流放,把他们驱逐到边远的四夷之地去,不让他们同住在国中。这说明,有仁德的人爱憎分明。

"发现贤才而不能选拔,选拔了而不能重用,这是轻慢;发现恶人而不能罢免,罢免了而不能把他驱逐得远远的,这是过错。喜欢众人所厌恶的,厌恶众人所喜欢的,这是违背人的本性,违背人性的话灾难必定要落到自己身上。所以,君子要有正确的原则:一定要通过忠诚信义去获得一切,而骄奢放纵则令一切失去。"

孔子有三千多个学生,没有一个没听过孔子讲解这些内容的,但却只有其弟子曾子一个人明白其中的真义。于是曾子把孔子的讲解写成书——《大学》作为传讲的精义,并在此基础上加以发挥和说明,传播到后世。

曾子姓曾名参,是春秋末期鲁国人,他的祖先是五帝之首黄帝。西周建立的时候,曾参的先祖曲烈被封于曾,公元前557年莒灭曾。曾国太子巫逃到鲁国，曾参是太子巫的第五代孙。曾参的父亲曾点也是孔子的学生，被列为孔子门徒七十二贤人之一。

曾点对曾参的教育非常严格，曾参小的时候，有一次，曾点叫曾参去瓜地锄草，曾参不小心将一棵瓜苗锄掉。曾点认为曾参用心不专，便用棍子责打曾参。由于出手太重，将曾参打昏过去。曾参苏醒后，立即退到一边"鼓琴而歌"，以此告诉父亲，作为儿子的他并没有因为被误打而愤愤不平。

孔子知道此事后认为，小惩罚可以接受，大惩罚则可以避一避。否则的话，如果被盛怒的父亲打死，就会令父亲受不义之恶名，从而造成终身遗憾。

曾参听到后说："我的罪大了！"

曾参16岁时拜孔子为师，由于他勤奋好学，颇得孔子真传。孔子去世后，曾参为了积极推行儒家主张，传播儒家思想，便开始聚徒讲学。当时曾参的门下有不少弟子，因而被尊称为曾子。孔子的孙子孔伋，字子思，在孔子过世后也师从曾参。子思学成之后又传授给孟子。因之，曾参上承孔子之道，下启思孟学派，对孔子的儒学学派思想既有继承，又有发展和建树。曾参以他的建树，与孔子、颜子、子思、孟子比肩共称为儒家五大圣人。

作为孔子学说的主要继承人和传播者的曾参，在儒家文化中具有承上启下的重要地位，被后世儒家尊为"宗圣"。

《大学》是我国古代儒家经典《礼记》中的一篇，相传为孔子的弟子曾子所作。宋代教育家程颢、程颐特别重视《大学》，曾分别将其从《礼记》中抽出来加以改编，使之独立成篇。南宋著名的思想家朱熹在二程改编的基础上继续加工、编排，分为"经""传"，作成章句，通过注释阐发己意，并将它和《论语》《孟子》《中庸》合编为《四书》，在封建社会后期影响极大。

《大学》的版本主要有两个体系：一是经朱熹编排整理，划分为经、传的《大学章句》本；一是按原有次序排列的古本，即《礼记》中的《大学》原文。以朱熹《大学章句》本，流传最广、影响最大。

朱熹的《大学章句》，随其《四书章句集注》一道，在封建社会后期一直被作为学校教育及科举取士的基本程式，由此，《大学》的思想内容也就通过朝野士大夫的思行言教而辐射到整个社会心理之中。

《大学》文辞简约，内涵深刻，影响深远。两千年来无数仁人志士由此登堂入室以窥儒家之门。该文从实用主义角度，对人们如何做人、做事、立业等均有深刻启迪意义。

酷爱文学的巴尔扎克

摘编 / 贝贝

巴尔扎克是法国19世纪伟大的批判现实主义作家,欧洲批判现实主义文学的奠基人和杰出代表。在他20余年的写作生涯中,写出了97部不朽的传世之作,在这些作品中,他一共塑造了2400多个不同类型的人物形象,给后世子孙留下了宝贵的艺术珍品。

巴尔扎克小时候爱好文学,但他的父亲却希望他学习法律。他不愿服从父亲的旨意,为此,父子之间经常发生冲突。

一天,父亲生气地质问巴尔扎克:"我让你学习法律,你为什么要学习文学?"

巴尔扎克对父亲说:"爸爸,您知道,我对法律是毫无兴趣的。"

"毫无兴趣!"父亲暴怒地快要跳起来,"你有兴趣的是什么?是文学!搞文学谈何容易,我看你根本不是搞文学的料!"

"那不一定!"巴尔扎克摇摇头,非常自信地说,"一个人的成功,往往取决于他的信心和努力。"

"信心和努力?那好,从今天起,给你两年的期限,搞不成,就得学习法律,你敢答应吗?"

"敢!"巴尔扎克斩钉截铁地回答。

从此,巴尔扎克被父亲关在房子里,整天埋头写作。这期间,他写了一个历史剧,由于阅历有限,再加上对剧本的特点了解不够,这个历史剧并没有写成功。但巴尔扎克并没有因此而丧失信心,他坚信,只要有决心,肯努力,他就一定能在文学上取得成绩。

　　通过这段时间的写作实践,也使巴尔扎克意识到自己的知识和经验都很浅薄。于是,他开始拼命阅读世界文学名著,广泛地接触社会和了解人生。他天天出入于图书馆和书店,总是来得最早,离开最晚。有一次,他在图书馆里翻阅资料,边看边记,竟忘记了时间。图书馆的人员下班时,也忘记招呼巴尔扎克一声。第二天早晨,图书馆的人员来上班时,发现巴尔扎克还在图书馆里边看边记。

　　还有一次,巴尔扎克在一部小说中需描述一个打架斗殴的情节,为了写得真实生动,他就到街上去观察有没有人打架。正好他看到两个青年人发生争执,为了让这两个人打起来,他就故意从中煽风点火。谁知这两人看穿了他的"诡计",合起来把他轰走了。

　　那个时候,巴尔扎克经常从半夜一直工作到第二天中午,在椅子上一坐就是近12个小时。然后,从中午到下午4点阅读各种报刊杂志,5点用餐,5点半才上床睡觉。睡到半夜时,又起床继续工作。有一次,他正伏案写作,写得入了迷。刚好一个朋友来拜访他,看见他专注写作,不忍打搅,就坐在一旁静等。一会儿,吃饭的时间到了,仆人给巴尔扎克端来了午餐,巴尔扎克并不理会,继续专注地写作。他的朋友误以为是巴尔扎克招待自己的午餐,加上肚子饿了,便不客气地将午餐吃了。又等了一会儿,朋友见巴尔扎克仍沉醉在写作之中,就悄悄离开了。巴尔扎克又写了一会儿,忽然觉得肚子饿了,便搁笔找饭吃,发现桌子上有用完的餐具,便责备自己:"真是个饭桶,吃了饭还想吃!"说完,又继续写起来。巴尔扎克每创作一部作品,总是将原稿和修改稿保存起来,最后装订成大厚本,作为珍贵的礼物,赠给知心朋友。这些修改稿的数量相当可观,倘使他写一部200页的小说,修改的稿子就相当于原稿的10倍。

又有一次，巴尔扎克为消除连日来紧张写作的疲劳，早晨起来外出散步。为了不使来访者久等，他用粉笔在大门上写下几个大字："巴尔扎克先生不在家，请来访者下午来！"他一边散步，一边思考着小说的情节和人物安排，走着走着，突然感到肚子饿了，需要吃点东西，便转身往家门口走去。走到家门口，正要推开门，看见门上的粉笔字，很遗憾地叹了一口气："唉，原来巴尔扎克先生不在家，改日再来吧。"说完，转身走了。

有时，为了专心修改稿件和写作，巴尔扎克甚至不让家里人进他的书房。有一次，为了闭门谢客，他把屋门锁上，然后自己从窗户跳进屋里，再从里面把窗户插上。这样一来，来访的人见门上落了锁就自动回去了。

经过几年的努力，巴尔扎克出版了小说《朱安党》，赢得了法国文学界的一致赞扬。以后他又陆续完成了《人间喜剧》等97部小说，确立了他在法国文学史和世界文学史上的地位。他的独具个性的幻想与写作，在世界文学史上树立了一座丰碑。

徐悲鸿三请齐白石

摘编/唐英芝

齐白石与徐悲鸿同为20世纪的中国美术大师,两个人年龄出身、家庭背景方面有很多差异,艺术道路也不相同,但是徐悲鸿却有着兼收并蓄的教学思想,对齐白石的艺术是相当推崇的,他收藏推介齐白石的作品,把齐白石请上京华美术学校的讲坛,同时对于齐白石的私人生活细节也照顾有加,二人成为艺坛的忘年交。

1929年,徐悲鸿任北平艺术学院院长,他深信只有优秀的师资,才能培养出优秀的学生,为此他用心物色遴选教授,有意向聘请的第一人,便是齐白石。齐白石少年习画,经半个世纪刻苦精勤、不懈努力,终于跻身画坛大家之列,于1920年定居北京,专业卖画刻印。徐悲鸿一向十分赞赏齐白石的人品、画技,称他是真正的艺术大师。

当时,年过花甲的齐白石,虽然绘画技巧独具一格,终因木匠出身,既无文凭,又没有漂洋过海镀过金,因此,不受当时人看重。但徐悲鸿认为在当时国画界,齐白石的画乃是一股清泉,可以一冲画坛死水。于是,徐悲鸿不顾学院内各种势力阻拦,来到西单跨车胡同齐白石的寓所。问候过后,道明来意:"先生是名扬遐迩的画坛大师,想请您来艺术学院任教。"齐白石婉言辞谢:"承蒙徐院长看重,只是老朽年逾花甲,耳欠聪,目欠明,恕难应命,但只心领了。"

"高等院校的教授中,古稀之年还不少呢,齐先生老马识途,点拨指导,谁能及得上?正是大有用武之时。"徐悲鸿挽请说。

齐白石还是不答应:"教授责任重大,还是另请高明为好,以免误人子弟。"

两天以后,徐悲鸿再次登门拜访,又是盛情邀请。齐白石又以年老为由推辞。求贤若渴的徐悲鸿不愿就此放弃,百忙中三顾齐宅,而且第三次是顶风冒雨而来,再次表敬爱之心,诚恳迫切相邀。

齐白石深受感动，只好直言不讳地说出自己的苦衷："徐院长，不是齐白石我拉架子，而是不能为之呀！我从未进过学堂门，写诗作画是自学的，怎能去大学当教授呢？"徐悲鸿诚恳地说："你的画好，你的画可以为人之师。你教画可以不用讲，只做示范即可。"徐悲鸿这一片诚心终于说动了齐白石，于是，齐白石"出山"了。

开学那天，徐悲鸿亲自乘着马车把齐白石接到学校，向全校师生恭敬有加介绍了齐白石的高超造诣。又言出行随，为齐白石"护驾"。考虑到齐白石的确年事已高，徐悲鸿还给予多方照顾：入冬以后天气寒冷，给他在讲台边生个火炉；到了夏天，又给他装个电扇；刮风下雨，又派车接送往来。对齐白石真可谓无微不至。

齐白石没有辜负徐悲鸿对他的信任与期望，任教期间，不但收到了良好的教学效果，而且还受到了师生们的敬仰。学校有个外籍教员对齐白石非常钦佩，学生们也都接受齐白石的教学方式。这让齐白石大感欣慰。齐白石对于徐悲鸿的推荐十分感激，作诗"草庐三顾不容辞，何况雕虫老画师"，以记其事。

1929年徐悲鸿辞职南返，与齐白石不断有书信诗画往还。行前齐白石问徐悲鸿行踪，徐悲鸿说半个月在上海，半个月在南京，齐白石就画《寻旧图》表达思念之情，在画上题诗曰："一朝不见令人思，重聚陶然未有期。海上风清明月满，杖篱扶梦访徐熙。"可见二人交情之深。

1932年徐悲鸿为齐白石编选画册并作序，1935年徐悲鸿在艺文中学举办了一个小型画展，齐白石扶病前往参观并留言："余画友最可钦佩者，唯我悲鸿。"1939年徐悲鸿在桂林写信求齐白石精品，齐白石选珍藏旧作《耄耋图》慷慨相赠。此外，徐悲鸿多次撰文对齐白石的艺术给予极高的评价。1946年抗战胜利以后徐悲鸿任北平艺术专科学校校长，又聘齐白石为名誉教授，1949年中央美术学院成立，当时学校有人认为齐白石属于不上课的挂名教授，建议取消其关系，徐悲鸿等校领导认为

"现时并无挂名教职员，齐白石、张大千为中国有数之名画家，虽不授课，但可请其来校指导"，因而继续聘齐白石为名誉教授，徐悲鸿每个月都把齐白石的工资亲自送到他手里。

　　1953年徐悲鸿去世后，徐家人考虑到齐白石与徐悲鸿交情深厚以及齐白石年事高怕受刺激等原因，暂时没有告诉齐白石这个消息。原来徐悲鸿在世时每月必亲自为齐白石送去工资，现在就只好改由其他人了。徐悲鸿的夫人廖静文有次去看望齐白石，齐白石就问及悲鸿为什么没有来。廖静文谎称徐悲鸿出国了，就这样维持了一段时间。后来时间长了齐白石就不相信了，约过了一年，齐白石雇了一辆三轮车，由他儿子陪同亲自到徐悲鸿家里看望。到了以后他才发现徐悲鸿的家门口已经挂上了"徐悲鸿纪念馆"的牌子，这时他就明白怎么回事了。齐白石缓缓走进去，因为纪念馆中徐悲鸿的画室、客厅还都保持着原状，齐白石坐在原来徐悲鸿在的时候他坐的沙发上，沉默了好久才问廖静文，徐悲鸿的灵位在哪里。因为齐白石是农村出生的，农户家里死了人都要写个灵位，但是纪念馆没有设，只有一个大照片挂在他们原来住的屋子里。齐白石就叫他的儿子搀着他走到徐悲鸿的屋子里，在徐悲鸿的遗像前深深鞠躬，说："悲鸿先生，我来看你了，我是齐白石。"然后默哀一阵子，含着眼泪离开了。

　　齐白石对于徐悲鸿的知遇之恩感戴终生，多次对人说"生我者父母，知我者徐君也"。

苦练书法的王羲之

摘编 / 尤小东

大书法家王羲之从小受到家学熏陶,酷爱书法,在他刚五六岁的时候,就拜著名书法家卫夫人为老师学习书法。他的书法进步很快,7岁时,他所写的字就因很得前辈的喜爱和夸奖而在当地小有名气了。

王羲之13岁那年,偶然发现他父亲藏有一本《笔说》的书法书,便偷来阅读。父亲担心他年幼不能对家传保密,答应待他长大之后再传授。没料到,王羲之竟跪下请求父亲允许他现在阅读,父亲很受感动,于是答应了他的要求。

之后,王羲之按照《笔说》中所讲的方法,每天起早摸黑地写呀,练呀,简直都入了迷。有时甚至连吃饭、走路都不放过,真是到了无时无刻不在练习的地步。有时走路的时候,身边没有纸笔,他就在身上画写,久而久之,他身上穿的衣服都被划破了。苦练一段时间后,他所写的字,与以前写的比较,果然有些变化。为此,他十分高兴,每天练书法也就练得更勤奋了。

一天,他的老师卫夫人看到他新写的字后吃了一惊,对别人说:"这孩子一定是看到书法秘诀了,我发现他近来写的字,已达到成年人的水平了。照这样发展下去,这孩子将来在书法方面的成就一定会超过我的。"

王羲之并没有因为老师如此称赞而骄傲自满,反而临帖更用心、更刻苦了。有一次吃午饭的时候，书童送来了他最爱吃的蒜泥和馍馍，他连头也不抬地专心看帖、写字，对书童的催促声像没听见一样。书童见饭都凉了，没办法，只好把王羲之的母亲请来劝他吃饭。

母亲来到书房，却见王羲之手里正拿着一块沾了墨汁的馍馍往嘴里送，弄得满嘴乌黑。原来王羲之在吃馍馍的时候，眼睛仍然看着字，脑子里也在想这个字怎么写才好，结果错把墨汁当蒜泥吃了。母亲看到这情景，憋不住放声笑了起来。王羲之还不知道是怎么回事呢！听到母亲的笑声，他还说："今天的蒜泥可真香啊！"

当时,王羲之经常临池书写,就池洗砚,时间长了,一大池子水都被墨汁染黑了,人们便把这个池子称为"墨池"。

有一天夜里,王羲之在灯下练字,练呀练呀,白纸写了一张又一张,铺得满地都是。夜深了他还逐个字逐个字细看着,思考着。对自己所写的字,还不满意,又看又练,后来实在练得太疲倦了,就握着笔伏在案上睡着了。

这时,忽然一阵清风吹来,一朵白云飘然而至,云朵上有位鹤发银髯的老人,笑呵呵地看着他说:"你的字写得不错呀!"

"哪里,哪里!"王羲之一边让座,一边谦虚地回答。他见这位老人仔仔细细地观看自己写的字,便请教说:"请您多多指正。"

老人见王羲之一片诚心,便说道:"把你的手伸过来。"

王羲之心里纳闷儿,老人要他伸手做什么呢?见老人一本正经,不像开玩笑,他便慢慢地把手伸了过去。老人提起笔,笑容可掬地对他说:"我看你诚心诚意学练字,就教你领悟一个笔诀,日后自有用处。"说着,老人在王羲之的手心上写了一个"永"字。写完老人便转身离去。

王羲之急忙喊道:"先生家居何处?"只听空中隐隐约约地传来一句:"天台白云……"

这时王羲之醒来,一看手心果然有个"永"字。于是,他比呀画呀,写呀练呀,终于领悟了方块字的几个重要笔画:横竖勾,点撇捺。原来,方块字的笔画和架子结构的诀窍,全都体现在这"永"字上。

此后,王羲之练得更勤奋了,他的书法也更加洒脱、奇妙了。他的书法艺术和刻苦精神都受到世人赞许。王羲之的叔父王导是东晋的宰相,与当朝太傅郗鉴是好朋友,郗鉴有一位如花似玉、才貌出众的女儿。一日,郗鉴对王导说,他想在王导的儿子和侄儿中为女儿选一位满意的女婿。王导当即答应了,并同意由他挑选。王导回到家中将此事告诉了诸位儿侄，儿侄们久闻郗家小姐德贤貌美，都想得到她。郗家来人选婿时，诸侄儿都忙着更冠易服精心打扮。唯王羲之不问此事，仍躺在东厢房床上专心琢磨书法艺术。

郗家来人看过王导诸儿侄之后，回去向郗鉴回复说："王家诸儿郎都不错，可能是因为知道是选婿吧，显得都有些拘谨不自然。只有东厢房那位公子躺在床上毫不介意，只顾用手在席上比画什么。"

郗鉴听后，十分高兴地说："东床那位公子，必定是在书法上学有成就的王羲之。此子内含不露，潜心学业，正是我意中的女婿。"于是，郗鉴就把女儿嫁给了王羲之。从此"东床"便成了女婿的美称了。

王羲之几十年来锲而不舍地刻苦练习，终于使他的书法艺术达到了超逸绝伦的高峰，被人们誉为"书圣"。他的《兰亭集序》为历代书法家所敬仰，被誉作"天下第一行书"。

王羲之兼善隶、草、楷、行各体，精研体势，心摹手追，广采众长，备精诸体，冶于一炉，摆脱了汉魏笔风，自成一家，影响深远。其书法平和自然，笔势委婉含蓄，遒美健秀，世人常用曹植的《洛神赋》中"翩若惊鸿，婉若游龙，荣曜秋菊，华茂春松。仿佛兮若轻云之蔽月，飘飘兮若流风之回雪"来赞美王羲之的书法之美。他的书法影响了一代又一代的书苑。唐代的欧阳询、虞世南、褚遂良、薛稷、颜真卿、柳公权，五代的杨凝式，宋代苏轼、黄庭坚、米芾、蔡襄，元代赵孟頫，明代董其昌，这些历代书法名家都对王羲之心悦诚服。

中国20大经典国粹

摘编/付东

国粹,是指完全发源于中国,起源于中国,并属于我国固有文化中的精华。中国共有20大国粹,这20大国粹是:

1.《易经》

《易经》是我国最古老而深邃的经典,是华夏五千年智慧与文化的结晶,被誉为"群经之首,大道之源"。《易经》最早是由伏羲创制,伏羲所创的八卦称之为"伏羲八卦"或"先天八卦",以后,又有神农作《连山易》,轩辕黄帝作《归藏易》,殷商末年出现了《周易》。

《易经》至今已有5000~10000年的历史,是我国最早的一部哲学著作,在中国古代思想史上占有非常重要的地位,它不仅对先秦诸子百家产生过巨大影响,而且对中国古代的哲学也影响深远。《易经》是中华文化的根基,也是中国哲学的源头。

2.《道德经》

老子的《道德经》是中国历史上首部完整的哲学著作,也是道家哲学思想的重要来源。老子是中国古代春秋末期伟大的哲学家、思想家,道家学派的创始人和始祖，是继伏羲、神农、轩辕黄帝之后，中国的高智慧圣人，也是世界最高智慧者。

老子的《道德经》，又称《道德真经》《老子》，在中国思想史上有着重要的地位，影响了后来整个中国哲学史的发展。《道德经》《易经》和《论语》被认为是对中国人影响最深远的三部思想巨著。

3. 中医

中医是中国的传统医学，一般指中国以汉族劳动人民创造的传统医学为主的医学，所以，中医也称为汉医。"中医学"之中包含"中药学"，我国自古以来就有"神农尝百草，始有医药"的传说，因此，中药源于距今7000年前的神农时代，中药的鼻祖就是我们中华民族的伟大始祖神农。

中医的理论基础和源泉是《黄帝内经》。《黄帝内经》完成于距今5000年前的轩辕黄帝时代，是中国现存最早的中医理论专著，也是中国第一部中医理论经典，是中医理论基础的奠基之作。《黄帝内经》确立了中医学独特的理论体系，成为中国中医药学发展的理论基础和源泉。

4. 中华衣装

中华衣装，也称华夏衣冠，或"汉服"。汉服，是中国汉族的传统民族服饰，又称为汉装、华服，其由来可追溯到三皇五帝时期一直到明代，连绵几千年。华夏人民（汉族）一直不改服饰的基本特征，这一时期汉民族所穿的服装，被称为汉服。

自炎黄时代黄帝垂衣裳而天下治，汉服已具基本形式，历经周朝代的规范制式，到了汉朝已全面完善并普及，汉人汉服由此得名。随后各朝代的汉服虽有局部变动，但其主要特征不变，均是以汉代为基本特征。汉服（华服）是非常美丽的服装，汉服（华服）最能体现汉族人儒雅内秀、神采俊逸、雍容华贵、美丽端庄的气质。

5. 丝绸（种桑养蚕缫丝织绸技术）

中国是世界上最早发明丝绸（养蚕缫丝织绸）的国家。而做出这一伟大贡献的发明家，就是我们中华民族的伟大始祖轩辕黄帝的妻子嫘祖。

在5000多年以前，勤劳、智慧的嫘祖就发明了丝绸。嫘祖作为中华第一夫人，与黄帝并列为"人文初祖"。嫘祖被誉为"人文女祖"。由于嫘祖创造了丝绸文明，功高天下，自周代起她就被尊奉为"先蚕"，民间尊称为"蚕神"，爱称为"嫘姑""丝姑""蚕姑"，历来受到各族人民的无限崇拜。韩国、朝鲜及东南亚国家都隆重祭祀嫘祖。嫘祖"养天虫以吐经纶，始衣裳而福万民"，开启了享誉中外的丝绸文明，泽被天下。

6. 茶叶的种植培育加工制作技术、茶的饮用和茶文化

我国是世界上最早发现茶树和利用茶树的国家，是世界公认的茶的故乡和茶叶的祖国。茶，是中华民族的国饮。饮茶、种茶、制茶都起源于我国。我国第一部药学专著《神农本草经》记载："神农尝百草，日遇七十二毒，得茶而解之。"这说明，在距今7000年前的神农时代，中国就发现了茶叶，并且知道了茶叶具有神奇的药用作用。因此，我们中华民族的伟大始祖神农是中国的茶叶鼻祖，也是全世界的茶叶鼻祖。

7. 瓷器的制做技艺

中国是瓷器的故乡，举世闻名的中国瓷器，是中华民族的伟大创造和发明，是中国古代文明的象征，也是中华民族的文化瑰宝。中国所制造的精美的瓷器，为全世界人民所喜爱。中国的瓷器制造技术传到世界各国，对中外文化交流做出了重要的贡献，中国也博得了"世界瓷国"的光荣称号。

8. 中国画（国画）

国画，是中国汉族传统绘画形式。国画是用毛笔蘸水、墨、彩作画于绢或纸上，这种画种被称为"中国画"，简称"国画"。国画是我国传统绘画（区别于"西洋画"），其工具和材料有毛笔、墨、国画颜料、宣纸、绢等，题材可分人物、山水、花鸟等，技法可分工笔和写意，它的精神内核是"笔墨"。

9. 书法

中国的文字（汉字）起源，历史非常悠久。在距今约5000年前的轩辕黄帝时代，文字开始出现。中国的汉字，开始以图画记事，经过几千年的发展，演变成了当今的文字，又因祖先发明了用毛笔书写，便产生了书法，书法是汉字的书写艺术。殷商时期的甲骨文，周朝时的金文、石刻文，秦代的篆书，汉代的隶书，从东晋到唐朝的楷书、行书、草书，到了唐代，中国的书法艺术趋于成熟，并且繁荣。

中国的书法有五种基本书体：篆书、隶书、楷书、行书、草书。其中，楷书也叫真书、正书、正楷。楷书的特点在于规矩整齐，所以称为楷书。中国的汉字在漫长的演变发展的历史长河中，一方面起着思想交流、文化继承等重要的社会作用，另一方面它本身又形成了一种独特的造型艺术。

书法不仅是中华民族的文化瑰宝，而且在世界文化艺术宝库中独放异彩。

10. 古琴、中国民族乐器、中国民族音乐

古琴，也称瑶琴、玉琴、七弦琴，是中国最古老的弹拨乐器之一。据《史记》载，琴的出现不晚于尧舜时期。琴的创制者有"伏羲作琴""神农作琴""舜作五弦之琴"等说，可以看出，古琴在中国有着悠久的历史。

在中国古代，"琴、棋、书、画"历来被视为文人雅士修身养性必修之艺。古琴因其清、和、淡、雅的音乐品格寄寓了文人凌风傲骨、超凡脱俗的处世心态，而在音乐、棋术、书法、绘画中居于首位。吹箫抚琴，吟诗作画，登高远游，对酒当歌成为文人士大夫生活的生动写照。

11. 围棋、中国象棋

围棋是一种古老的智力游戏，起源于中国，是中国"五帝"之一的尧帝发明的，至今已有4000多年的历史。围棋最早被称为"弈"或"棋"。后来，有人根据下棋时黑白双方总是互相攻击、互相包围的特点，称"下棋"是"围棋"。

围棋属"中国古代四大艺术"（琴棋书画）的"四艺"之一，为中国古代知识阶层修身养性的一项必修科目。

12. 文房四宝

中国古代的"文房四宝"一般是指笔、墨、纸、砚这四种用具。文房，也就是书房。笔、墨、纸、砚这四种基本用具是文人书房中必备的四件宝贝，人们通常把它们称之为"文房四宝"。

在"文房四宝"中，最出名的、最好的、质量最优的当属湖笔、徽墨、宣纸、端砚。因此，"文房四宝"一词也可以是专指湖笔、徽墨、宣纸、端砚。

湖笔，产于浙江省湖州市；徽墨，产于安徽的徽州；宣纸的原产地是安徽省的泾县；端砚，产于广东省肇庆市。广东肇庆在唐代时设为端州，所以把出产于广东肇庆的砚称之为"端砚"。

13. 道教

道教是中国土生土长的宗教，也是中国唯一的本土宗教。道教产生于中国东汉时期，距今已有1800余年的历史。道教与中华本土文化紧密相连，深深扎根于中华沃土之中，具有鲜明的中国特色，并对中华文化的各个层面产生了深远影响。

道教的创立者为张道陵，张道陵原名张陵，是西汉开国功臣张良的第八世后代。张道陵创立了道教门派之一的"正一道"（即"天师道"），因此，张道陵也被尊称为"张天师"，其后代世袭者也被称为"张天师"。道教奉道家学派的创始人——老子为教祖，尊称老子为"太上老君"。道教将老子的《道德经》作为道教的理论指导思想。

14. 中国建筑、中国园林、客家民居

15. 武术、太极拳、气功

16. 昆剧

昆剧，又名昆曲，原名"昆山腔"或简称"昆腔"，是我国古老的戏曲声腔、剧种，产生于江苏昆山一带。昆剧诞生于元朝末年，至今已有650多年的历史，是我国传统戏曲中最古老的剧种之一，也是我国传统文化艺术，特别是戏曲艺术中的珍品。

"昆山腔"属明代四大声腔之一。明代四大声腔分别为：昆山腔（江苏昆山）、弋阳腔（江西弋阳）、海盐腔（浙江海盐）、余姚腔（浙江余姚）。这四大声腔，同属南戏系统。昆剧是在中国戏曲中影响最大的声腔剧种，很多剧种都是在昆剧的基础上发展起来的，因此，昆剧有"中国戏曲之母"的雅称。

17. 中国烹饪（中国菜）、中国节日饮食文化、筷子

中国烹饪（中国菜）是中国各地区、各民族各种菜肴的总称，具有历史悠久、技术精湛、品类丰富、流派众多、风格独特的特点，是中国烹饪数千年发展的结晶，在世界上享有盛誉。中国八大菜系分别为：粤菜、苏菜、浙菜、湘菜、徽菜、川菜、闽菜、鲁菜。中国节日饮食文化：春节吃饺子，元宵节吃元宵，端午节吃粽子，中秋节吃月饼，等等。

18. 针灸

针灸：针法和灸法的合称。针法是把毫针按一定穴位刺入患者体内，运用捻转与提插等针刺手法来治疗疾病。灸法是把燃烧着的艾绒按一定穴位熏灼皮肤，利用热的刺激来治疗疾病。

针灸由"针"和"灸"构成，是中医学的重要组成部分之一，其内容包括针灸理论、腧穴、针灸技术以及相关器具，在形成、应用和发展的过程中，具有鲜明的汉民族文化与地域特征，是基于汉民族文化和科学传统产生的宝贵遗产。针灸疗法是祖国医学遗产的一部分，是一种中国特有的治疗疾病的手段。

19. 对联、灯谜、曲水流觞

曲水流觞，是中国古代流传的一种游戏。夏历的三月人们举行祓禊仪式之后，大家坐在河渠两旁，在上游放置酒杯，酒杯顺流而下，停在谁的面前，谁就得即兴赋诗并取杯饮酒。曲水流觞这种游戏非常古老，有数千年的历史。晋代有名的大书法家王羲之所书的流传千古的书法作品"天下第一行书"——《兰亭集序》，记录的就是在浙江绍兴兰亭一带进行曲水流觞游戏的过程。

20. 中国结、剪纸、刺绣、黎族织锦

中国结：中国结是一种汉族特有的手工编织工艺品，它所显示的情致与智慧正是汉族古老文明一个侧面。是由旧石器时代的缝衣打结，推展至汉朝的仪礼记事，再演变成今日的装饰手艺。周朝人随身佩戴的玉常以中国结为装饰，而战国时代铜器上也有中国结的图案，延续至清朝

中国结才真正成为流传于民间的艺术。

剪纸：剪纸是中国民间传统的手工艺术，在我国流传已有1500多年的历史。剪纸，也称为"窗花"。在新春佳节时，中国百姓喜欢在窗户上贴上各种剪纸——窗花。窗花不仅烘托了节日的喜庆气氛，而且也为人们带来了美的享受。剪纸（窗花），集装饰性、艺术性、欣赏性和实用性于一体，千百年来深受人们的喜爱。作为我国的艺术瑰宝，剪纸艺术至今仍然绽放着绚丽的光彩。

刺绣：刺绣是在织物上绣制的各种装饰图案的总称。刺绣是中国民间传统手工艺术，在中国至少有两三千年的历史。刺绣织物主要是丝绸和丝线。在中国的传统刺绣工艺品当中，常常将产于江苏省的"苏绣"、湖南省的"湘绣"、广东省的"粤绣"、四川省的"蜀绣"，合称为"中国四大名绣"。中国的刺绣工艺在秦汉时期便已达到很高水平，是历史上"丝绸之路"运输的重要商品之一。

黎族织锦（黎锦）：黎族织锦，也称为"黎锦"，是海南岛黎族的民间织锦。黎族织锦（黎锦）是中国最早的棉纺织品，有着3000年悠久的历史，堪称中国纺织史上的"活化石"，其纺织技艺领先于中原1000多年。黎锦在春秋时期就享有盛名，春秋战国时期的史书上把黎锦称为"吉贝布"，"吉贝"在黎语中就是木棉的意思。

黎锦是以棉线为主，麻线、丝线和金银线为辅交织而成。从宋代开始，黎锦就是向朝廷进贡的珍品，被誉为"东粤棉布之最美者"。

世界"智商"最高十大奇人

摘编 / 吴阳阳

普通人的智商一般都是在90～110之间，智商超过120就算是智商优异。然而在当今世界却存在这样一批人，他们的智商高得出奇，大家最为熟知的便是斯蒂芬·威廉·霍金。其实和众多高手相比，霍金的170也并不算高。

1.Stephen William Hawking（斯蒂芬·威廉·霍金）

今年72岁，智商170。他或许是这个榜单上最令人熟知的人。有关霍金的介绍太多太多，他被誉为继爱因斯坦之后世界上最著名的科学思想家和最杰出的理论物理学家之一，被世人誉为"宇宙之王"。

2.Kim Ung-yong（金雄镕）

今年52岁，他是世界上最聪明的人，斯坦福-比奈智商测试中的分数达到了210分，这个分数被收入吉尼斯世界纪录大全。2岁时就能读能写日、韩、英、德四国文字，4岁时就开始学习大学课程，如果这都不算什么的话，8岁时他就被NASA邀请到美国学习。

3.Paul Allen（保罗·艾伦）

今年61岁，智商170。微软联合创始人，世界上最富有的人之一，

身家约142亿美元，拥有很多公司和球队。

4.Rick Rosner

今年54岁，智商192。很难想象有着这样高智商的人竟然是Jimmy Kimmel Live的电视编剧。不过他的智商确实不一般，他多才多艺，履历表里还有保镖、裸模、滑旱冰服务员，等等。

5.Garry Kasparov（加里·卡斯帕罗夫）

今年51岁，智商190。国际象棋特级大师卡斯帕罗夫这个名字大家肯定不会陌生，最为人津津乐道的就是他与深蓝的几次人机大战了。出生在阿塞拜疆的他天赋异禀，22岁就获得世界冠军，能讲15国语言，他还是一位数学家、计算机专家和纽约《华尔街》杂志的定期撰稿人。

6.Sir Andrew John Wiles（安德鲁·约翰·怀尔斯爵士）

今年61岁，智商170。英国数学家，1994年他证明出困扰数学家三百多年的费马最后定理，这是数学上的重大突破，这个定理也被公认为是世界上最难的数学问题。

7.Judit Polgar（尤迪特·波尔加，又称小波尔加）

今年38岁，智商170。同样是一名国际象棋大师，从小就和两位姐姐接受父亲的"波尔加试验"，她父亲一直想证明从小给小孩一个专业方面的培训会取得特别出色的成就。而她的成功也就充分验证了父亲的教育理论的成功。她7岁时就曾经在一次友谊赛中击败南斯拉夫特级大师达姆扎诺维奇，被誉为"外星少女"。

8.Christopher Hirata

今年32岁，智商225。他的智商让所有人钦羡，13岁就获得国际奥林匹克物理金牌，14岁就进入加利福尼亚理工学院，16岁就开始在NASA从事火星殖民相关计划，22岁获得普林斯顿博士学位。

9.Terence Tao（陶哲轩）

今年39岁，智商230。华裔澳大利亚籍，2岁就开始研究数学，9岁修完大学数学课程，13岁成为最年轻的国际数学奥林匹克金牌获得者，20岁获得普林斯顿的博士学位，24岁被加州大学洛杉矶分校聘为正教授。2006年获得"数学界的诺贝尔奖"菲尔兹奖，成为澳洲唯一荣获数学最高荣誉"菲尔茨奖"的澳籍华人数学教授。

10.James Woods（詹姆斯·伍兹）

今年67岁，智商180。好莱坞实力派男星，与大多数明星不一样，他还是位高材生，上中学的时候就已经开始在加州大学洛杉矶分校修线性代数。美国高考时他语文满分800分，数学799分，获得麻省理工大学全额奖学金，毕业后从事演艺工作，至今获得三项艾美奖，两项奥斯卡提名奖。

封建王朝十大惊人巧合

摘编 / 马志超

1. 夏朝的开"启"与终"桀"

夏朝是中国历史上第一个"家天下"的世袭王朝,建立于约公元前2070年,灭亡于约公元前1600年,延续了四百多年的统治历史,先后出现了17个君主。

"家天下"的世袭制代替"公天下"的禅让制是从夏启开始的。夏启是大禹的儿子。大禹因为治水有功,根据禅让制的规则,做了舜的继承人。按照禅让制的规则,大禹去世后,部落联盟首领的位子应该传给德高望重的伯益。然而,大禹死后,他的儿子夏启在与伯益争夺权位的斗争中获胜,并杀死了伯益,自己做了皇帝,建立了夏朝。

夏启死后,继承王位的太康在东夷族的进攻下丧失了权力。直到少康即位以后,夏朝的政权才被重新夺回并得到巩固。然而到了夏桀统治天下的时候,夏朝却一味地讨伐边国,耗费了大量人力物力;同时,夏桀是一个昏庸无能、贪图享受的暴君,想尽办法残害忠臣和百姓,重用乱臣贼子。因此,四方诸侯纷纷要求推翻他的暴政,使得夏桀陷入了内外交困的孤立境地。

部落首领商汤看到推翻夏桀统治的时机已经成熟,便以"天命"为由,说:"有夏多罪,天命殛之",联合四方诸侯向夏朝发起了进攻。在鸣条之战中,商汤的军队取得了决定性胜利。夏桀在出逃后死于南巢,夏王朝从此灭亡了。

夏的"家天下"世袭王朝是由夏启开启的,而终结这个王朝的最后一个君主则是夏桀。"启"就是开启的意思,而"桀"的谐音就是终结。这是历史的一个巧合,还是冥冥之中就已经注定了呢?

2. 三家分晋与三国归晋

春秋末年,韩、赵、魏三家分晋;三国后期,魏、蜀、吴三个政权又归于一统,而此时统一天下的,恰巧就是晋朝。

公元前376年,韩、赵、魏三家大夫联合废掉晋静公,将晋公室剩余土地全部瓜分了。三家分晋是春秋与战国的重要分界点,具有划时代的历史意义。从此,韩、赵、魏都成为了中原大国,再加上原有的秦、齐、楚、燕四个大国,历史上称为"战国七雄"。

三国时期是国家大分裂民族大融合的历史时期,有曹魏、蜀汉、孙吴等三个政权并立。三国存在的时间非常短,只有几十年的时间,最后归于晋朝的大一统。

3. 盛极一时的短命王朝

秦朝和隋朝都完成了我国历史上两次重要的大一统,都建立了强盛的东方帝国。然而更加巧合的是,这两个统一强盛的王朝都一样的短命,都断送在了二世的手中,并且这两位二世皇帝还都是被自己的臣属害死的。

秦朝是中国历史上第一个统一的中央集权制世袭王朝,它的建立者是秦王嬴政。嬴政消灭六国,结束了春秋战国诸侯割据的局面,成为了中国古代历史上的千古一帝。然而仅仅在15年之后,秦朝的第二代皇帝,就把大好江山葬送他人之手了。

公元581年，杨坚建立隋朝，几年后完成了全国的统一，结束了南北朝割据的局面。统一的隋朝在文化、政治、经济、外交等方面都取得了辉煌成就，成为了当时世界上最强大的国家。然而由于二世皇帝隋炀帝的暴政，如此繁荣强盛的大帝国很快就灭亡了。

4. 汉朝与唐朝的巧合

汉朝是中国历史上继短暂的秦朝之后出现的朝代，分为西汉和东汉两个历史时期，后世史学家亦称之为两汉。西汉的创建者是汉高祖刘邦，建都长安；东汉的创建者是光武帝刘秀，建都洛阳。其间，曾有王莽篡汉自立的短暂新朝（公元8年—公元23年）。

两汉是中国在世界上非常辉煌的历史时期。汉高祖至文景两帝时期的汉朝，经济呈直线上升的趋势，成为东方第一经济强国，与西罗马并称两大帝国。中亚和西域各大国都闻而惧之。而到了汉武帝时期，汉帝国已经成为世界上最强大的帝国，匈奴战败后被迫向北逃窜。张骞出使西域首次开辟了著名的"丝绸之路"，开通了东西方贸易的大通道，中国从此成为世界贸易体系的中心。正是因为汉朝的声威远播，外族开始将中国人称为"汉人"，而汉朝人对这样的称谓也很满意，"汉"从此成为伟大的华夏民族恒久的代号。

而多年以后，中国又出现了一个唐朝，也是世界公认的中国最强盛的时代之一。李渊于公元618年建立唐朝，以长安（今陕西西安）为首都。鼎盛时期的公元7世纪时，中亚的沙漠地带也受其控制。公元690年，武则天改国号"唐"为"周"，迁都洛阳，称神都，史称武周，也称"大周"。"大周"国号一直延用到公元705年唐中宗李显复位。唐朝在天宝十四年（公元755年）安史之乱后日渐衰落，至天祐四年（公元907年）梁王朱温篡位灭亡。唐朝历经21位皇帝（含武则天），共289

年。唐朝在文化、政治、经济、外交等方面都有辉煌的成就，是当时世界上最强大的国家。

这两个强盛的帝国之间有很多巧合之处：都前承一个强大而短命的王朝，都继承了其丰富的遗产，并且除名义上的改朝换代外，实质上都几乎是前朝的延续；都有一个中兴的过程，东西汉的承接与安史之乱前后的唐朝，都历尽艰险而不亡；在开国初期，都有一个女人掌握朝政大权（汉朝是吕雉，唐朝是武则天），并且在权力回归后，都有一个中兴时期（文景之治和开元之治）；都面对一个北方强悍的游牧民族（匈奴、突厥），而且都在军事上处于优势地位，并最终迫使北方民族走向衰败；都大力发展西域，并统治西域广大地区。

5. 南朝的军人政变

五胡乱华十六国并起之后，中国历史进入了南北长期分裂对峙的历史阶段，史学界称之为"南北朝时期"。在秦岭淮河以南的广大区域，出现了宋齐梁陈四个政权更迭的现象。刘裕取代东晋建立宋，萧道成取代宋建立齐，萧衍取代齐建立梁，陈霸先取代梁建立陈。陈朝政权维持了32年，最终被隋朝灭亡。

这些政权更迭都是掌握军权的重臣发动政变而造成的，故事情节如出一辙。

6. 杨家江山送给"李"

我国古代历史上，杨氏建立的王朝总是被李氏取代。杨隋被李唐取代，五代十国中的杨吴也被李氏的南唐取代。

公元617年，太原留守、唐国公李渊在晋阳起兵，十一月占领长安，拥立隋炀帝孙子杨侑为帝，改元义宁。杨侑即为隋恭帝，李渊任大丞相，进封唐王。公元618年，隋炀帝在江都被大臣宇文化及缢死。同年5月，李渊篡隋称帝，定国号为唐，废杨侑为希国公，闲居长安，次年5月又把他杀害。杨坚建立的隋朝存在了38年之后，就这样灭亡了。李渊称帝后，改元武德，都城仍然定在长安，李渊即是唐高祖。

到了唐朝末年，藩镇割据，天下大乱。其中，杨吴是江南较有实力的割据势力之一。吴国在杨隆演嗣位后，政治混乱，人心不稳，大权旁落于大将徐温之手。徐温的养子徐知诰借助徐温的势力，逐渐掌握了吴国的政权。经过20年的苦心经营，徐知诰不仅大大缓和了杨氏旧臣对他的敌对情绪，而且还拉拢起北方和江南的两股势力。吴天祚三年（公元937年），徐知诰终于废黜吴帝杨溥，登上皇位，改国号为大齐，年号昪元。第二年，徐知诰改姓名为李昪，改国号为唐。就这样，李氏建立的政权再一次取代了杨氏。

7. 灭唐朱温被唐灭

朱温夺取唐朝政权，建立了后梁政权，可是灭掉后梁的就是后唐，而且这个后唐的政权也姓李。

朱温幼时，随母在萧县刘崇家当佣工，后来参加黄巢领导的农民起义军，随军进入长安。唐中和二年（公元882年）正月，黄巢以朱温为同州（今陕西大荔）防御使。同年九月朱温叛变，降于唐河中（今山西永济西）节度使王重荣，又被僖宗任命为金吾卫大将军，充河中行营副招讨使，赐名全忠。第二年，朱温改任宣武（今河南开封）军节度使，加东北面都招讨使。唐中和四年（公元884年），朱温与李克用等联兵镇压黄巢起义军。同年，宰相崔胤召朱温入关，杀死劫迁昭宗的宦官，送昭宗出城。

昭宗回到长安以后，朱温尽诛宦官，废神策军，从此昭宗便处于朱温的掌控之下，成为傀儡。天佑元年（公元904年），朱温逼迫昭宗迁都洛阳，随即遣人杀之，立其子哀帝，后又贬杀宰相独孤损等朝官三十余人。天佑四年（公元907年）四月，朱温由唐宰相张文蔚率百官劝进，正式称帝，更名为朱晃，庙号太祖，改元开平，国号大梁，史称后梁，升汴州为开封府（今河南开封），建为东都，而以唐东都洛阳为西都。

后来，朱温与据有太原的沙陀贵族李克用、李存勖父子连年征战，损耗了大量的人力和财物，并且逐渐丧失了军事上的优势。晚年，因皇位继承人未定，皇室内部矛盾尖锐。乾化二年（公元912年），朱温被次子朱友珪杀死。龙德三年（公元923年）四月，李存勖称帝于魏州，就是庄宗，改元同光，国号唐，史称后唐。同年十月，后唐灭后梁，十二月，迁都洛阳。就这样，朱温在灭掉了李家唐朝仅仅16年之后，其政权就被另一个李姓的后唐灭掉了。

8. 大宋皇位继承人

北宋王朝的第一代皇帝是宋太祖赵匡胤，而从第二代皇帝起就开始是他的弟弟赵光义及其子孙了；然而南宋王朝的第一代皇帝是赵光义的子孙，从第二代皇帝起就又重新回到了赵匡胤的子孙这一脉上。赵匡胤一脉的子孙从失去帝位到重新登上帝位，时间相隔长达186年。

9. 亡于异族叹两宋

宋朝（公元960年—1279年）是中国历史上承五代十国、下启元朝的时代，根据首都及疆域的变迁，分为北宋与南宋，合称两宋。北宋和南宋都是被异族所灭，投降后，皇帝和皇族都被掳往北方。

10. 明清两朝的巧合之处

明朝是中国历史上最后一个由汉族建立的君主专制王朝，一共有16位皇帝。明朝的疆域除囊括清朝时期所谓内地十八行省之外，还包括今天的东北地区、新疆东部、西藏、缅甸北部、西伯利亚东部和越南北部等地，并曾在东南亚的安南、旧港等地设有管理机构，势力远及印度洋和中亚。清朝是中国历史上最后一个君主专制王朝，也是中国历史上第二个由少数民族统治中国全境的中央政权，统治者是满族人。这两个君主专制王朝有许多相似的地方：

（1）它们都是在打败异族政权后，建立的自己的王朝。

（2）两个王朝都有三位皇帝没有后代。明朝的建文帝、明武宗和明光宗三位皇帝没有子女；清朝的同治帝、光绪帝和宣统帝三位皇帝，同样在死后没有子嗣。

（3）明朝和清朝开创之初，皇权都受到过叔父的威胁。明朝建文帝被叔叔朱棣赶下了台。清朝顺治皇帝一直生活在叔叔多尔衮的阴影之下。

（4）王朝快要灭亡的时候，明清两朝都遇上了皇帝无子兄弟相传的情况。

（5）明清两个王朝都亡于内忧外患。明朝在李自成等人领导的农民起义军和满清的打击下，走向了最终的灭亡。清朝末年，八国联军发动侵华战争，列强纷纷争夺势力范围。孙中山、黄兴等人同时发起了民主革命，最终推翻了清朝的统治。

校园文摘系列丛书征稿

阅读可以使学生增长见识，可以提高学生写作水平；阅读可以陶冶学生性情，使学生变得温文尔雅、富有修养；阅读可以给学生带来无限遐想和乐趣，给学生带来智慧源泉和精神力量；阅读可以磨炼学生意志，让学生的心灵逐渐充实、成熟。

为满足广大读者要求，中央编译出版社将继续开展"校园文摘系列丛书"征稿活动，让我们从"学生阅读"读起，从朴实无华、意蕴丰富的文字中感受阅读的魅力。

一 征文对象及内容

征稿对象为全国大中学生。可以个人投稿，也可以学校、班级或文学社团为单位组织供稿。作品的体裁、内容不作任何限制。篇幅限 1300-2500 字之间。优秀来稿将分别入选面向全国发行的"校园文摘系列丛书"。

二 征文要求

1. 文笔流畅，有真情实感，活泼新颖。
2. 投稿作品必须是本人原创，不得抄袭、套改。如涉及法律问题，由作者本人负责。

三 投稿时间

即日起至 2018 年 12 月 30 日止。

四 投稿须知

1. 投稿限发 word 文档电子稿。每人可投 3~5 篇。优秀作品可根据题材分别入选多本图书相关栏目。
2. 来稿在文末附上以下内容：文章标题、作者姓名、邮寄地址、电子信箱、电话、QQ。
3. 来稿在 90 天内未收到采用通知的作者，稿件自行处理，三个月内请勿一稿多投！
4. 所有来稿均视为作者已同意本作品选编入中央编译出版社相关图书。不同意以上约定的作者请勿来稿。

电子邮箱： cctp8299288@163.com
作者交流 QQ 群： 63601654

著名少年作家万亿新作《我在成都等你》
即将与读者见面

万亿，一个16岁的少年，已出版6本小说。这位小作者似乎在继承韩寒、郭敬明等青年作家的衣钵，秉承他们对青春、对人生的一贯写作手法，将自己的感受丰富化而已。

"清晨的阳光落在他脸上，光影从额头沿着眉心迤逦向下，经过秀挺的鼻梁，微微弯起弧度的嘴唇，最后汇集到眼睛里，浓密的长睫不停震颤，为眼睑下覆上阴影，却遮不住他瞳孔里潋滟流转的光。"

一眼看去，谁会料见这出自于一位16岁孩子的手笔呢？固然，其文章的手法带有漫画性，但也正是如此，才使本书特征凸显无疑。就像电影《致青春》一般，没有什么惊世骇俗的人生哲理，就是一股清流，一首简单的青春之歌。

暗恋，执着，迷惘。这些词都被作者熟练的揉捏于青春故事中。发酵成一种芬芳！

《作文36技》
学生写作必备图书

《作文36技》是一本非常受学生欢迎的图书。该书共分36个专题，每个专题都分为"名家垂范""名师指点""名题演练""名卷展示"四个板块。乍看只是总结了一些写作的技巧，细究却分明提出了一种语文教学的新思路：从阅读走向写作。

这本书的问世，填补了目前中学作文教材的一项空白！相信青少年朋友们能从这本书中获得启示，去抒写自己芬芳而绚烂的人生！教育界多位专家推荐此书！

定价：38元　全国各地新华书店有售

书　名：《超脱考试做领袖》
作　者：陈济安
定　价：30元

　　郭传杰、冯恩洪、毕诚等著名教育家认为：《超脱考试做领袖》一书非常适合大中学生、教师、家长和有志青年阅读参考，称此书是一部不可多得的励志佳作。
　　该书是一部"教人识道用器，学会学习，少有相似，独创一帜"的原创佳作。

《创新中国教育》教你如何考上国际名校

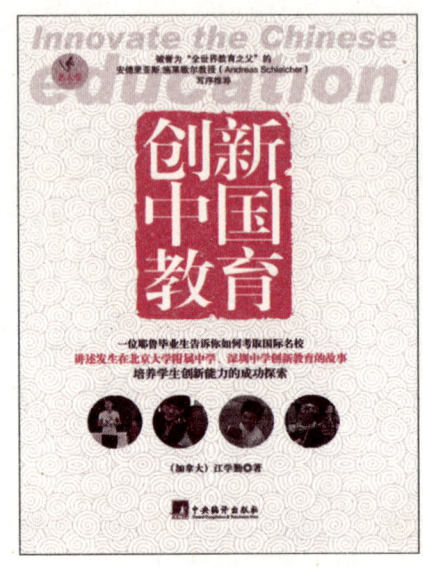

一位耶鲁毕业生教你如何考上国际名校
讲述发生在北京大学附属中学、深圳中学创新教育的故事
培养学生创能力的成功探索

本书以通俗易懂的语言、严谨的结构，记述了作者在中国教育改革之路的成功和失败，目的在于让中国的家长、老师、学生以及更多关注中国教育的人们明白，在当今的中国为什么改革如此重要，以及它是如何一步一步成为现实的。本书对改变学生学习方法、推进中国教育改革具有非常重要的参考价值。

被誉为"全世界教育之父"的安德里亚斯·施莱歇尔教授（Andreas Schleicher）如此评价《创新中国教育》：

"在中国，给予我最深刻印象的是北京大学附属中学的国际部。相信《创新中国教育》这本书的读者，能通过书中的亲身经历，了解到他们是如何进行实践并达到目标的。在探索未知世界的同时，北京大学附属中学也将世界带入了中国，为中国的下一代，将纯粹复制学科内容的教育改革为培养学生实际生活能力的教育；将为国家服务的教育转变成为全球与当地社区服务的公民教育；将为考试而竞争的教育转向加强学生能力培养的教育；将情景价值观的教育——我将做现实环境允许做的事情——更新为可持续价值观的教育。相信这样的教育将能帮助中国的下一代更好地进行协调适应——带着无限的可持续性，将一个失衡的世界归于平衡与和谐。"

定价：39元   当当网、京东网、卓越及各地新华书店有售